文創風 013

孝莊皇后

二之二〈紅顏終不悔〉

台城柳 著

目錄

第二十八章　亂山殘雪夜，孤燭異鄉人

「妳到底要說些什麼？」我疾步上前，一把拽住她的領口。她軟綿綿的身體輕得像一團棉絮，被我這麼一拽，就輕易地懸在半空。

「妳以為妳阿姊司徒敏是為了上官燊殉情而死？哈哈……」近似瘋狂的笑聲配合著她血色全無的臉頰，呈現出絕望的死灰色。

「阿姊和姊夫琴瑟恩愛，一個仙逝而去，另一個也不願獨活。世人皆知的事實，容不得妳在這裡說什麼瘋話！」雖然嘴硬，但我的心裡沒來由地生出一絲害怕來。拽著她領口的手不由自主地鬆了開來，丁夫人「啪」的一聲跌落回地上，披頭散髮的她看上去像個幽靈。

「琴瑟恩愛？」丁夫人還是大笑著，由於笑得激烈，不得不捂著胸口、喘著粗氣，才可以繼續下去。「今天到這個田地了，我也不怕告訴妳。司徒敏真正喜歡的人，不是別人，正是當今皇上上上官裴！」

這次不等許姑姑動手，我已經一個巴掌摑了過去。「妳胡說！」我氣得簌簌發抖，拚盡全力打過去，因為用力過度，自己也差點沒站穩。

一道鮮紅的血痕從她的嘴角緩緩流下，她怔怔地不動，既不叫疼，也不擦拭，只是死命地瞪著我看。

「他們才是真正青梅竹馬的戀人，上官裴與司徒敏，他們才是真正青梅竹馬的戀人！」她重複著這句話，瞳孔由於興奮，病態地張得很大，看著讓人心驚。

「他們自從十六歲初初相見時，就一見鍾情於對方。後來司徒敏屢次進宮，為的都是要偷偷見上官裴一面。可是天意弄人，明明相愛的兩個人，卻不能在一起。司徒敏因為是司徒家的女兒，她能嫁的只有上官皇朝的皇上，她心愛之人的親哥哥。司徒敏為了司徒家能夠繼續繁盛下去，別無選擇只能進宮做皇后。天天面對自己不愛的人共度此生，妳知道是何等的痛苦？但是為了司徒家，她沒有選擇。」丁夫人漸漸平靜下來，眼神空洞而茫然。

「而對於我來說，每到午夜夢迴之時，自己的丈夫躺在身邊卻在睡夢中叫著別人的名字，妳知道這又是何等的痛苦？看著心愛的女人成為自己的嫂嫂，而自己什麼都不能做，妳知道皇上的心裡又有多少苦？」說到上官裴，丁夫人終於有些動容，淚水悄無聲息地從她的眼角滑落。

聽到這裡，我不禁連著倒退了幾步，好不容易才讓身子抵住了門，雙手在身後慢慢摸索到一張圓凳，驚驚顫顫地坐下。

心裡唯一的念頭是——

她在撒謊，她在撒謊！怎麼會這樣，怎麼可能是這樣？

「上官桑其實心裡很清楚，自己一直深愛著的皇后心底真正愛著的人是自己的弟弟，所以他在人前故意裝出一副夫妻恩愛的樣子，背地裡卻無時無刻不用上官裴的消息來刺激著司徒敏。因為皇上與我沒有所出，所以上官桑藉這個藉口不斷賜婚於皇上，現在後宮的幾位嬪妃都是拜上官桑所賜，只有這樣，上官桑才可以從向來對他冷漠的司徒敏那裡得到一些回應，即便那些回應只不過是仇恨厭惡。而且上官桑賜婚的這些女子都是庶出之女，他這樣做無非是要時時刻刻提醒著皇上他庶出的身分。」丁夫人的眼裡閃過仇恨，自己心愛的丈夫被迫屈辱地納妾，而因為是皇上賜婚，自己和夫君連說個不的機會都沒有。

她的憤恨，我作為局外人也可以想像。

「可是上官桑越是這樣做，越是得不到司徒敏的心。而他自己的身體卻一日差過一日，過沒多久就撒手歸西了。這是報應啊，妳知道嗎？這是報應！」丁夫人從牙縫中迸出這些字，乾脆俐落，隱隱透露著復仇的快樂。

「其實今天坐在皇后寶座的人應該仍然是妳阿姊！」

丁夫人的這句話徹底將我擊倒。

她這句話究竟是什麼意思？雖然我國確實有這樣的俗例，兄長過世後，如果兄嫂之間並沒有子女，繼承家業的弟弟可以娶寡嫂為妻，以保證家財不外流，也讓寡嫂的後半世有個依託，但是這畢竟是在皇家……難道說，當年上官裴想娶為后的人，會是我阿姊?!

彷彿讀懂了我的心思一般，丁夫人開口道：「不錯，皇上當時提出要娶的人的確是妳阿姊！經過這麼多年的兩地相思，妳阿姊終於可以和有情人在一起。妳不知道，那段時間皇上是多麼高興，甚至睡夢中都能笑出聲來。但是當皇上向妳父親和太后提出這個要求後，他們卻認為司徒家的皇后應該母儀天下，怎麼可以一女侍二夫？更何況，這二夫還是兄弟。所以他們要妳阿姊打消了這個念頭，安安心心地做她的皇嫂。而妳，冰清玉潔、才貌雙全的司徒嘉，才是唯一配得上皇后寶座的最佳人選。

「妳阿姊這麼多年的苦苦期盼最終變成了水中月、鏡中花，落得了個不可能的結局，而最終從她手中奪走心愛之人的還是她自己最寵愛的小妹，她當時是什麼樣的心情？萬念俱灰之下，她才會……」

看著我滿臉的驚愕和幾乎要決堤而出的淚水，不知是出於憐憫還是嘲諷，丁夫人不再說下去，只是用憐憫的眼光注視著我。

我此刻的思緒亂作一團，心裡有一個聲音高聲叫出，極力想要說服自己，剛才面前這個女人所說的一切都只是騙人的玩意兒！可不知為什麼，隱隱有個聲音卻告訴著我，也許她說的一切都是真的。掩耳盜鈴的那個人，是我！

如果她說的是真的，那害死阿姊的人就是我的家人。

還有，我！

我不敢想下去，拚命地搖著頭，想把這些讓人生出冷汗的害怕想法甩出腦袋。這個惡毒的女人，為了報復我，才會編出這些胡話來騙我，一定是這樣的！如果她這樣做是為了打擊我，那麼，她做到了。

我突然想起了許姑姑，許姑姑是阿姊的乳母，阿姊對許姑姑，甚至要比跟母親還要親近。如果阿姊與上官裴兩情相悅，那許姑姑一定知道一些蛛絲馬跡。「許姑姑！許姑姑！妳告訴我，這些不是真的，對不對？」我快步走到她的面前，使勁搖著她的雙肩。

許姑姑的眼睛早已蓄滿了淚水，她閉上眼睛不願看我，只是喃喃地說：「人都不在了，還說這些幹什麼呢？」

「許姑姑，妳看著我告訴我，阿姊與上官裴是不是青梅竹馬的戀人？是不是啊？」我發瘋似地叫出聲來，心裡急切地等待著答案，卻同時又害怕聽到她的回答。

「大小姐她……」提到阿姊，許姑姑終於哭出聲來，哽咽著說不下去。

我還是用力地搖著她，她拗不過我，終於輕輕地點了點頭。

「啪」的一聲，我跌坐在地上。

我的心生生地像是被撕裂開來一樣，我最親愛的阿姊啊，原來粉碎了妳的希望，讓妳不再留戀人世的人，不是別人，正是妳最疼愛的妹妹——我！

我是如何走出縈陽殿回到自己寢宮的，我已經不記得了。上官裴三日後的出征儀式，我也稱病沒有參加。

臨出征前，上官裴來我的寢宮探望過我，我佯裝睡了不願見他。

這個男人，我的丈夫，原來只是我在不知情的情況下從阿姊手中奪來的愛人。

上官裴將我放在錦被外的胳膊輕輕地放了進去，纖長的手指畫過我手臂上的鳳蝶圖案時，輕輕地來回撫摸了好幾次。我的頭轉向裡側，為的是不讓他看見我流下的淚水。

上官裴，你是在想念我的阿姊嗎？

這以後渾渾噩噩的三天，我只是躺在床上一語不發。半睡半醒之間，張眼閉眼我能看到的人只有阿姊。阿姊的美麗，阿姊的輕盈，阿姊銀鈴般的笑聲，阿姊與我共同成長的點點滴滴。那個摟著我，一聲聲哭斷人腸的「幸好是我，不是妳呀」，不斷在耳邊重複。

為什麼會是這樣呢？

這三天裡許姑姑一步不離地守著我，一聲聲動人心懷的呼喚聲，我卻不願回答。今天許姑姑端著御廚房特意準備的千年人參燕窩湯來給我補身子，我卻倔強地轉過頭去不願喝。

「小姐啊，我求求妳，這幾日妳連點米都沒有沾過，這樣子下去怎麼行呢？」許姑姑哭出聲來。

我的眼睛虛弱地半睜著，盯著天花板，嘴唇卻還是牢牢地抿著，以自虐的方式表達著內心的無比痛苦。

「妳不為自己，也要為肚子裡的孩子想想吧？」許姑姑掏出手帕輕輕地抹了抹眼淚。

孩子？我的孩子？這幾日連續發生這麼多的事，使我忘了我肚子裡還有這麼一個小生命的存在。他現在還好嗎？我這幾日倔強的絕食，他不會有事吧？我將手慢慢移到自己的肚子上，那裡還是很平坦，沒有一絲懷孕的跡象。但就是這輕輕的一觸，女人天生的母性卻在這一刻甦醒。

是的，不論如何，我至少還有我的孩子。我轉過頭去看向許姑姑，這幾日的折騰，許姑姑彷彿一下子老了十歲，平時她引以為傲的光潔額頭，竟然也隱約有皺紋的痕跡了。是她一夜之間變老了，還是我以前忽略了？這麼多年來，許姑姑一直陪在我和阿姊身邊，無微不至地關心照顧著我們，即使我們調皮胡鬧的時候，她對於我們永遠只有寬容和寵溺。她對我們的愛也像母親對孩子一樣吧？看見我這樣糟蹋自己的身體，她應該很痛心。

由於虛弱，儘管我使出了全力，說話的聲音還是幾乎輕不可聞。「許姑姑，扶我坐起來，餵湯給我喝。」

「哎，好，好！」許姑姑連忙答應著，將我小心翼翼地扶起，在我的身後放了很多靠墊，才輕手輕腳地將我的身子往後靠。許姑姑端著青花瓷碗，坐在臥榻邊，仔細地將滾燙的湯吹冷了，才用調羹送到我的唇邊。

由於幾日沒有進食，滿嘴皆是苦澀，這湯在嘴裡竟然嚥不下去。但我已決意不讓許姑姑再為我擔心，所以強忍著反胃嘔吐的衝動，一口一口地硬生生將湯喝了下去。

「許姑姑，幫我梳洗一下，我想要下來活動活動。」看著許姑姑臉上欣慰的神色，一股暖流從我的心裡蔓延開。

許姑姑忙不迭地答應著，小心地將我扶下來，攙到鏡子前的凳子上坐定。許姑姑將我的長髮鬆開，用牛角梳沾著玫瑰露輕輕地將頭髮分股梳順。

我抬眼看著鏡中的自己，蒼白的臉色，凹陷的雙頰，豔麗的姿容還在，卻已經多了一分滄桑。這金碧輝煌的後宮，真的是一個吃人不吐骨頭的無底深淵啊！表姑姑、莫夫人、我阿姊，現在又輪到了我，將來不知還會有多少年輕的女子在這裡葬送青春，甚至生命。

正出神間，我突然從鏡子裡看到許姑姑的背後有一個黑影。這幾日我心緒煩亂不願見人，下令讓侍衛都退到外殿守候，而宮女沒有我的吩咐也不會擅入。

「誰？」我猛然轉過頭去。

許姑姑一驚，也匆忙轉過身去。

一扇隔窗打開，幕簾被室外的狂風吹起，飄揚間遮住了黑影的半邊身子。許姑姑拿起梳妝檯上的燭檯伸手一照，我和許姑姑同時驚叫起來。那個黑影的的確確全身墨黑，一身夜行衣的打扮，還用黑布蒙著臉，只有一雙特徵鮮明的三角眼露在外面，凶光畢露。而更讓我心驚肉跳的是，來人手中握著一把寒光凜凜的長劍，劍鋒上泛著幽幽的藍光！

「來人啊，有刺客！」許姑姑反應過來，大聲地呼救。

我只看到眼前寒星一閃，許姑姑就應聲倒下。「許姑姑！」混亂中，我忘了自己的安危，只記得許姑姑重重倒地的聲音，彷彿直接捶在我的心頭。

一個念頭還未轉完，那黑影已經像鬼魅一般飄然靠近我，迅速逼近時，我只聽見黑紗後傳出嘶啞的一聲——

「司徒嘉，妳受死吧！」

我還沒來得及做出反應，他手中的劍已經提了起來，向我當頭砍來。我的求生本能讓我向一邊斜開，只聽見耳邊呼呼的風聲夾著一股寒氣貼著我的側面劃過。劍直直地砍在身後的梳妝檯上，上好紅木做的梳妝檯如同豆腐一樣，頃刻間被劈開。

他沒有料到在這個時候，我竟然還能作出反應，略一遲鈍，第二劍便跟著上來了。他這稍縱即逝的遲鈍，卻給了我時間，他回過神的時候我一直貼身攜帶的那把匕首已經握在我的手上。

二哥以前在家習武的時候，我也會吵著嚷著讓他教我幾招，雖然父親不允許我一個女孩子家舞刀弄槍，但二哥還是欣然願意教授我一些招式以備不測，而我也學得認真。想不到少年時候的好奇心，現在竟然可能救我一命。

我向後翻騰起來側轉開，回手之際，那把匕首已經深深地扎入他的左臂上側。他不料我會武功，對我不甚防備。我只聽見他悶悶地低吼了一聲，我知道我得手了。但是他卻沒有放棄攻擊的意思，只是惡狠狠地瞪了我一眼，但目光冷酷得如同北方冰天雪地中餓極的野狼。那把匕首還插在他的臂膀上，但是他卻像個沒事人一樣，提起劍徑直向我刺來。這次劍速更快，劍氣更是凌人，遠遠地我就能感覺到從他身上散發出來的殺氣。我身後便是牆，左邊是破碎的梳妝檯，他從右前方衝來，我無處可躲。

我木然地閉上了眼睛，決定承受這致命的一劍。如果這就是終結，那就讓他來吧。

「啊——」

我聽到一記慘烈的叫聲，卻不是從我嘴裡發出。慌亂間，我睜開眼睛，看見躺倒在地上的許姑姑不知何時已經半跪著起身，拿起身邊的一個燭檯，在黑影人從她身邊走過時向他的小腿燙去！

許姑姑一手用力抱住黑影人的雙腿，然後另一隻手將燭檯戳進他的小腿裡，我馬上聞到了肉被燒焦的臭味。那個人痛得嗷嗷大叫，掙扎著要踢開許姑姑。

許姑姑當胸被他劈了一掌，鮮血馬上就從她嘴裡噴湧而出。

「小姐，快跑啊！快跑啊——」

我緩過神來，提起裙邊向殿門口跑去，雙腿的無力、周身的疼痛，這時都被拋到腦後。我要活下去，我要活下去！

「啊——」

又是一聲慘烈的叫聲，我回頭望去，頓時淚水淌滿了我的臉頰。

「姑姑——」我聲嘶力竭地叫出聲。

那個人見掙脫不開，揮起一劍朝許姑姑左肩砍下。許姑姑的身子震顫了幾下，便像片枯葉一樣輕輕地倒下。由於用力過猛，劍卡在許姑姑的頭頸處，一下子拔不出來。

「娘娘，娘娘！」孫參將領著侍衛衝了進來，孫參將一馬當先，雙眼血紅。

那人見形勢不對，掉頭從剛才進來的隔窗處縱身一躍，消失在夜幕中。

「先不要追，保護娘娘要緊！」孫參將吩咐下去。「宮門已經關了，諒他插翅也難飛！」

我的耳朵嗡嗡作響，腦子裡一片空白，唯一記得的是那斜斜砍下的劍直直地插入許姑姑的身體。

我飛撲上去，抱住許姑姑的身子，許姑姑的手還是緊緊地攥著燭檯，不肯鬆開。

周圍的地面已經是血的汪洋。我就這樣跪在許姑姑的血泊中，放聲痛哭……

第二十九章　抽刀斷水水更流

一排侍衛在我的身邊散開圍成一個扇形，將我擋在中間。孫參將快步走過來，探身搭了搭許姑姑的頸脈，然後滿臉遺憾地朝我搖了搖頭。

「娘娘，起來吧。許姑姑她，已經去了。」

我眼神渙散，抬起頭來茫然地看著孫參將。「已經去了？你在胡說些什麼呀?!」我的聲音不由自主地尖利起來。「還不快去傳太醫？去傳太醫呀！」我緊緊地摟住許姑姑，全然不顧鮮血已經滲透了我的外衣。

「娘娘，許姑姑已經死了！」孫參將聲音雖然低沈，但是卻堅定得不容反駁。他滿眼痛心地看著我，又殷切地喚了一聲。「娘娘，您要節哀順便，現在是最需要您堅強的時候啊！」他向不遠處的洛兒使了個眼色，洛兒和另一個宮女疾步走過來，試圖要將我從血泊中拉起來。

我扭著身子掙扎著。「許姑姑沒有死，她的身子明明還是熱的！你們在騙本宮，在騙本宮！」我早已是淚流滿面，倔強地死命沈著身子坐在地上，不肯起來，彷彿許姑姑的生死與否全部取決於我，只要我不放手，那許姑姑就還有一線生機。洛兒和另一個宮女一邊一個揪著我的胳膊，但是我不知從哪裡來的蠻力，她們無論如何也不能將我拉起。

「娘娘，微臣得罪了。」話音剛落，孫參將將手中的劍放在一側，徑直走到我的身後，兩手使勁扯開我抱住許姑姑的胳膊，然後抄在我的腋下將我騰空拽起。「洛兒，妳抱住娘娘的雙腳，將娘娘抱到臥榻上去！」

看到他的舉動，洛兒也不禁一怔。作為天子的后妃，是為天眷，除了皇帝以外，其他男子是不能和我們有肌膚相觸的，孫參將這麼一抱，已經犯了死罪。但是現在滿目血腥，洛兒也只不過是一時的遲疑，便照著他的話做了。

被他這麼抬起，我反而停止了掙扎，淚水像是從一處永不乾涸的泉眼湧出一樣，迷濛了我的眼睛。我拚命地想睜開眼睛，不讓許姑姑消失在我的視線中，但是許姑姑瘦弱的身影靜靜地躺在已經呈暗紫色的血泊中，像一顆斜斜劃過天際的流星一樣，慢慢消失在我的眼簾中。

我被小心翼翼地放在臥榻上，孫參將起身要走，我一把拽住他的衣角。「東易。」我第一次叫他的名字。

許姑姑不在了，這個時候他是我唯一可以依靠的人了。我像是被人卡住喉嚨一樣，聲音啞啞地壓在體內，艱難地說出來。「許姑姑是不是再也不會回來了？」我臉色蒼白，滿身的血漬，司徒家族的皇后落得今天如此狼狽的境地，任是誰都沒有料到吧？

孫參將輕輕地跪在我的臥榻前。「娘娘，死者已矣，存者當自謀。」他的聲音輕柔得像是鄉間涓涓流過的小溪，像他這樣一個武將，若是以前，我很難將他與和風細雨的溫柔聯繫起來，可是現在彷彿他天生就應該是這個樣子，我在他低柔的聲音裡，慢慢地平靜下來。

「據微臣推斷，能在宮門關閉後還能夜闖昭陽殿的，此人定是身在宮內之人。現在各處宮門緊閉，微臣也已加派人手巡邏各處，但仍不見他的蹤影，微臣以為此人很有可能正躲在某個殿中。微臣懇請娘娘下旨，允許微臣帶領御林軍搜查各個宮殿，為娘娘掃除禍害，為許姑姑報仇。」

他最後一句話終於觸動了我。為許姑姑報仇！許姑姑為了救我而死，我絕不能讓她白白犧牲！我霍地一聲猛然坐起，連孫參將都嚇了一跳。「洛兒，替本宮洗漱更衣。本宮要親自前往各個宮殿參與搜查。」說話間，我已經下床尋找鞋子。「這個仇，本宮要親手替許姑姑報！」

短短一炷香的工夫，我已整裝完畢。我一身全黑衣裙，不施脂粉，素面朝天。眼睛仍是痛哭過的紅腫，嘴唇雖沒有胭脂的點綴，卻因剛才強忍住想哭的衝動而被咬得幾欲滴血。我緩緩走過前殿，許姑姑的屍體已被移開，剛才她躺著的地方在暗黑的血漬中留下明顯的一灘空白印跡，讓我有一絲的恍惚，彷彿剛才什麼也沒發生過，許姑姑只不過是在某個角落為我的事情奔忙著，不一會兒就會回到我身邊，輕輕地喚我一聲小姐，然後催促我在睡前將燕窩羹趁熱喝下。

我在那灘血漬前不由自主地停了下來，癡心地等待著那一聲我熟悉的呼喚，我屏住呼吸靜靜地等著，時間彷彿在這一刻停止不前。

「娘娘。」孫參將在身後輕輕地提醒著，示意身旁的洛兒將一件寬大的貂皮大氅披上我的肩膀。「事不宜遲，娘娘，我們動身吧。」

我留戀地回望了一眼昭陽殿，許姑姑剛才為我篦頭的梳子仍然躺在地上，還有那把浸滿鮮血的燭檯。我在心裡決絕地說道：許姑姑，嘉兒向妳保證，無論是誰，嘉兒一定讓他為妳陪葬！

皇宮裡三步一崗，五步一哨，滿目望去都是御林軍的士兵。一隊隊的士兵舉著火把在各個宮殿外巡邏著，看見我和孫參將走過，所有士兵紛紛行禮。

「娘娘，您看我們先查哪個宮殿啊？」孫參將身邊的李校尉上前詢問我的意思。

不愧為訓練有素的御林軍菁英，他身後跟著滿滿百來人，卻安靜得如同只有一個人在行進。

「滎、陽、殿！」我一字一頓地說出這三個字。

周圍一片寂靜，唯有火把燃燒的嗤嗤聲在皇宮中的各個角落響起。

我的直覺告訴我，丁夫人與這件事一定有關！

當我到達滎陽殿的時候，滎陽殿已經被御林軍圍了個水泄不通。看見我走進，正殿外的士兵讓開一條道讓我通過。通紅的火焰照耀在我的臉上，蒼白的臉龐漸漸泛出病態的紅潮。我提起裙邊走上滎陽殿的臺階，每走一步，心中就一緊。我現在是離真相越來越近嗎？

丁夫人端坐在大殿中央，幾日不見，她比我上一次看見她時，氣色好了很多，但還是掩飾不住一直以來的虛弱。

她看見我走進，方才起身，微微屈膝行禮，輕輕地說了聲「臣妾恭迎皇后娘娘」。

丁子宜在她身旁，頭髮略顯凌亂，只是在褻衣外胡亂地披了件外衣，顯然是剛被驚醒不久。

她意味深長地看了我一眼，又迅速地將頭低下。

我在大殿的正中坐下，孫參將站在我的身側，三十來名全副武裝的御林軍士兵魚貫而入，分列兩側。

一看這架勢，丁夫人忍不住輕呼出口。「皇后娘娘，深更半夜，您帶著全副武裝的侍衛氣勢洶洶地來到縈陽殿，不知有何賜教？」她高昂著頭，在氣勢上不肯輸我半分。

「今天晚上有刺客來昭陽殿行刺本宮未遂，這件事妳應該已經知道了吧？」我冰冷的聲音與我滾燙的肌膚形成強烈的反差，我目不轉睛地注視著丁夫人的神色變化。

只見她微微一怔，不過一轉眼的工夫又恢復了平靜。「那娘娘沒有受傷吧？」她小心翼翼地問道，眼睛掃過我的全身。

「老天保佑，本宮沒有受傷。」我注意到她的眼睛裡流露出一絲淡淡的失望，心中怒火頓生。「但是許姑姑為救本宮，卻……」我的胸口像是被什麼堵住一樣，疼痛得說不下去。

「真是不幸啊。」她平淡地說出這句話，然後轉頭看了看四周。「那娘娘帶這麼多人來縈陽殿，難道是懷疑此次行刺和臣妾有關？」她的語氣中暗含一絲不屑。

「不是懷疑誰、相信誰的問題，不只縈陽殿，每個宮殿都要查！」我向孫參將使了個眼色。

孫參將大聲地命令下去。「你們幾個查內殿，你們幾個查偏殿。你們去小廚房和後花園，你們去宮女和內侍的臥房。都給我查仔細了，任何可疑的痕跡都不能放過！」

士兵們正要向四周散開，只聽見丁夫人大聲喝道：「都給我住手！」

所有人都不曾見過平時文弱的丁夫人如此氣勢凌人，不禁一怔，然後停了下來，轉向我尋求進一步的指示。

「娘娘，在後宮中臣妾身為僅次於皇后的最高夫人，怎麼可以讓御林軍隨意搜查寢宮呢？除非有皇上的聖旨，否則誰都不要想搜查滎陽殿！」她說得義正詞嚴。「揚兒還在內殿睡著，你們要是驚擾了小皇子，皇上怪罪下來，誰敢擔當此罪？」

她竟然搬出小皇子來做擋箭牌，果然御林軍的眾人聽了，都面面相覷，露出為難的神色。

「哐噹」一聲，我重重一掌拍在桌上，掌下還多了一塊鋥亮的權杖。「這塊鳳凰令妳該聽說過吧？鳳舞九天，至尊無上！本宮要如何整治後宮，連皇上也未必能插手，妳以為妳一個小小的後宮嬪妃有說不的餘地嗎？」我的目光從頭到腳掃過丁夫人。「妳以為妳是什麼東西？一個區區的皇子又算什麼東西？」我重重哼了一聲。「孫參將，讓他們仔仔細細，一寸一寸地給我搜！誰要是不從……」我站起身，慢慢踱到丁夫人面前，然後當著她的面緩緩吐出一個字。「殺！」

得令後，士兵迅速向滎陽殿的各個角落散開，耳邊只有叮叮噹噹器皿倒地的響聲。

不一會兒，嬰兒的啼哭聲從內殿傳來。聽到哭聲，丁夫人的臉色頓時變了，快步就要向內殿走去。

「攔住她！」我命令下去。

兩個士兵立即用刀鞘擋在丁夫人面前，阻止她奔向內殿。

「揚兒在哭，我要進去！」丁夫人雙眼通紅，惡狠狠地盯著我。

「妳要是不想永遠見不到妳兒子，妳就給我乖乖聽話待在這裡！」

她乍聽此話，牙齒狠命地咬住下唇，倔強地轉過頭去，在她妹妹身邊坐下。

我慢慢地閉上眼睛，心裡卻湧出無限的疲憊。

一盞茶的工夫後，所有的士兵陸續回來覆命。

「回皇后娘娘的話，內殿沒有發現什麼可疑的。」

「回皇后娘娘的話，偏殿什麼也沒有。」

「回皇后娘娘的話，小廚房、後花園，還有宮女的廂房都查過了，什麼也沒有。」

「什麼都沒有，皇后娘娘，您可聽見了？什麼都沒有。現在您可以帶著這些御林軍離開了吧？」丁夫人得意地從椅子上站起來，以勝利者的姿態看著我。

怎麼會這樣？我是那麼確信她是這起刺殺行動的主謀，為什麼會連一點蛛絲馬跡也沒有？我緩緩地起身向殿外走去。

孫參將在我身後指揮著士兵們。「我們走！」

與丁夫人擦肩而過的時候，她盈盈欠身。「臣妾恭送娘娘。其實臣妾對於許姑姑的意外之死也深表哀痛。」

我直視著前方，心中屈辱憤恨百味俱生，明知丁夫人一定脫不了干係，卻苦於沒有證據！

就在我抬腳即將跨出滎陽殿的剎那，身後突然有個嬌弱的聲音叫住我——

「皇后娘娘請留步！」

我回頭看去，只見丁子宜已經直直地跪倒在地上，丁夫人也是一臉詫異地看著她。

「若民女說出實情，還望皇后娘娘放過民女全家。這件事是家姊主使的，跟其他人沒有關係。」她這話一出，四周譁然。

丁夫人站在旁邊，目瞪口呆地望著自己的妹妹，眼神慢慢地從不可置信到惱羞成怒，再從惱羞成怒瞬間轉變成驚恐萬分狀。

丁夫人猛然回頭看向我，我的嘴角輕輕地浮出一絲笑容。「只要妳說出實情，本宮答應絕不追究不相干的人。」

「謝娘娘的恩典。那個刺客是家姊奶娘的兒子，叫黃伯桑。前一段時間家姊將他弄進宮中，在馬房當差。家姊害怕娘娘要將小皇子抱走，所以今晚指使黃伯桑去昭陽殿行刺。」丁子宜怯怯地看了丁夫人一眼，然後不慌不忙地稟告著。

黃伯桑？我想起來了，不錯，害死舅舅的那個帳房！丁夫人奶娘的兒子，黃伯桑！

難怪三哥苦苦追尋他的下落卻無處追尋，原來這些日子他都躲在宮中，我的鼻尖底下！

「妳這個賤人！」丁夫人喪心病狂地叫出口，跳上去死命扯她妹妹的頭髮。「妳這個死丫頭，我要殺了妳！」

姊妹倆扭打在一起，丁子宜明顯不是丁夫人的對手，被她按倒在地，狠狠地摑了幾巴掌。

我看著這對姊妹倆廝打了好一會兒，才輕聲吩咐將她們拉開。幾個士兵蜂擁而上，將纏打中的兩個人分開。

「那現在這個刺客，人在何處？」我問道。

丁子宜臉上有幾道顯眼的血痕，頭髮凌亂。「放小皇子搖籃的那塊地板下有個暗室，黃伯桑就躲在那。」丁子宜用一種復仇的目光瞥了她姊姊一眼，然後緩緩道來，暗暗流露出一絲得意。

孫參將帶著幾個人衝入內殿，而丁夫人則像洩了氣的皮球一樣，一下子癱倒在地。

不一會兒的工夫，孫參將帶著幾個士兵，拽著一個黑衣人回來覆命。那個黑衣人被拖著，走路一瘸一拐，沿途還有絲絲的血跡留下，被士兵們拽著的胳膊處也有血滴下。

我當然清楚這些傷口是從哪裡來的。

「娘娘，他果然藏在丁姑娘所說的那個暗室裡。」孫參將回覆道。

他硬著身子不肯跪下，孫參將一腳踢在他的膝蓋內側，他悶悶地發出一聲痛苦的低吟，不得已跪下。但他還是倔強地抬著頭直視我，眼中顯露出無畏的神色。

那雙三角眼，我至死都不會忘記。

「是丁夫人讓你來刺殺本宮的？」我踱步到他的面前。

「丁夫人是誰，我不認識！」他只回答了這麼一句，然後就不再開口。

「本宮不需要你招出誰是幕後主謀，因為已經鐵證如山了。」這是我今晚第一次由衷地笑。

「廖姑姑！」我大聲地叫道。

在外殿候命的廖姑姑一路小跑進來。「娘娘，有什麼吩咐？」

「丁夫人，妳主使刺客暗殺皇后，罪當凌遲，但是本宮念及妳身為皇上的元配、小皇子的生母，本宮免妳凌遲之刑，賜妳一個全屍！」我慢慢走到癱坐在地上的丁夫人身前，蹲下身與她目光平視。「上官揚本宮會替妳好好撫養的！我們之間的這場爭鬥，是該有個了斷了！」

我轉向廖姑姑。「妳動手吧！讓丁夫人走得痛快點！」我走回主位，慢慢地坐下，看著廖姑姑從匣子裡取出一條長長的白綢。

「妳要是殺了我，皇上不會放過妳的！」看見三尺白綾，丁夫人終於反應過來，聲嘶力竭地叫出來，內殿的嬰兒這時也像與母親心有靈犀一般地大哭出聲。「揚兒，揚兒！」聽到兒子的哭聲，丁夫人淚流滿面，掙扎著要向內殿爬去。

「廖姑姑，還愣著幹什麼？」我冷冷地說道。

「遵旨！」廖姑姑向身後兩個膀圓腰粗的姑姑使了個眼色。一個姑姑上前俐索地將丁夫人的雙手反剪在身後，麻利地用軟繩束住。同時廖姑姑將白綾在丁夫人細細的脖子上套了個圈，一頭捏在自己手裡，一頭甩給另一個姑姑。

丁夫人臉色煞白，但是死死抿著嘴唇沒有叫喊，只是直直地盯著我看。「我不會白死的。」她最後說了這麼一句。

「許姑姑也不會白死的。」我淡淡地回敬道。

廖姑姑她們倆顯然都是行刑的老手，各抓住白綾的一端，狠命地向自己的一邊拽去，丁夫人在原地撲騰撲騰地掙扎了幾下，就眼睛翻白，舌頭也吐了出來。但是廖姑姑她們還是不放開，過了好一會兒，才將手鬆開。丁夫人像一片沒有生命的枯葉一樣，靜靜地飄落在地上。

對於任何一件事來說，死亡都是殘酷的結局。可恰恰也是死亡，才是最徹底的結局。

第三十章　樹若有情時，不會得、青青如此

黃伯桑看見丁夫人就這麼一命嗚呼，一下子呆呆地癱坐在地上，然後過了不久便撕心裂肺地大叫出口。「大小姐！大小姐——」要不是幾個士兵拚命地按住他，恐怕他已經爬到丁夫人的身邊嚎啕痛哭了。

他突然停止了哭聲，帶著決絕的口氣對著我說：「我就是變成厲鬼也不會放過妳的！」眼看著他雙頷就要一緊咬舌自盡，我心中大叫不好！「東易，攔住他！」我脫口喊出。說時遲，那時快，孫參將一個箭步上前，抬手就在他的下顎處一捏，他的下顎當場就脫了臼，蕩在那裡，很滑稽的模樣。他的雙眼充滿血絲，惡狠狠地瞪著我，如果眼光能殺人，那我現在已經萬箭穿心了。

「將他押下去好生看管。本宮要他好好活著受審，順便見識一下刑部讓人開口說話的種種辦法。」我交代下去。

「廖姑姑，妳將剛才丁姑娘所揭發的內容寫下來，寫完了，讓丁姑娘畫押確認。」我暗暗地吁了口氣，看來肯為丁夫人效死的人也是大有人在的，我不得不仔細防範。

半炷香的工夫，廖姑姑已經寫完了，交到丁子宜面前。丁子宜前後讀了幾遍，抬手握住廖姑姑遞過來的筆，幽幽的墨汁凝結在筆尖，欲滴未滴。她抬頭看了眼站在不遠處的我，猶豫了小片

刻，還是鄭重地將自己的名字寫了上去畫了押。

廖姑姑小心翼翼地捧起那張供罪書，輕輕地將墨跡吹乾，然後遞到我的面前。「娘娘，您過目一下吧。」我輕聲地讀了一遍，點頭表示滿意。廖姑姑小心翼翼地將供罪書交給我，然後壓低了聲音問：「那丁夫人的屍首該如何處置呢？」

我側眼瞥了一眼躺在地上毫無生氣的丁夫人。「廖姑姑，先將丁夫人的屍首收起來，改天好好葬了吧。雖然她心腸歹毒，但畢竟與皇上夫妻一場，喪事就給她辦得風光一點吧。」我忍不住又看了她一眼。

我們之間為什麼一定要弄到這步田地方能罷手呢？我心裡暗暗地想到。

雖然我現在站在這裡完全是以一個勝利者的姿態，但是誰又會猜到我心中此刻的空虛呢？雖然我有千百條理由可以殺了她，儘管我清楚地知道今天不是我殺她，將來就是她殺我，但一條人命畢竟是一條人命，而她畢竟也是別人的女兒，別人的母親，但現在……

自從入宮以來，我已經目睹了太多的血腥，也親手製造了不少的血腥。這樣的日子還要持續下去嗎？我搖了搖頭，不願繼續想下去。皇后這條不歸路，我走得是多麼辛苦。

丁子宜還是捂著臉跪在一旁嗚嗚地哭著，不知道她是在哭剛才被她姊姊痛打後的委屈，還是現在親眼目睹丁夫人橫死面前而難過。

我冷冷地瞄了她一眼，轉向孫參將。「孫參將，派人將丁姑娘先收押起來，仔細查清楚她跟這件刺殺事件有沒有牽連？滎陽殿所有的人都暫時押往景秋宮，一個個全部要盤查清楚。如果確認了沒有參與，那就放了吧。」

我話音未落，丁子宜已經慌張地爬過來撲倒在我的腳邊。「娘娘、娘娘，為什麼也要將我收押起來？」她的眼中充滿了驚恐，雙手緊緊地拽住我的裙邊。「不是說絕不追究不相干的人嗎？娘娘，您不是這樣說的嗎？」

「不錯，本宮是這樣說的。但是妳是丁夫人的親妹妹，怎麼能算不相干的人呢？」我彎下身子，輕輕用手指抵住她的下巴，將她低下的頭抬起。「妳說對不對啊？」

「娘娘，娘娘……」她不可置信地看著我。「妹妹，我這麼做都是為了您呀！」

她的淚水掩蓋了整張俏臉，淚光閃爍間真是我見猶憐啊！

我緩緩站起身子，用腳踢開她的手。「妹妹？丁姑娘，妳搞錯了吧？本宮只有一個阿姊，那就是已經仙去的孝敏皇后。全都是為了本宮？笑話！妳覺得本宮會讓一個連親生姊姊都可以出賣的人放在身邊認作姊妹嗎？」我厭惡地低頭看著她。

她的神情漸漸複雜起來，突然就變成了不可抑制的憤怒。「司徒嘉，妳好狠毒！妳這樣背信棄義，妳以後會下地獄的！」她瘋狂地叫出口。

「以後？」我竟然放聲大笑起來。「不需要等到以後了。」我的笑聲蓋過了她瘋狂的謾罵。笑得如此劇烈，甚至連淚水都笑了出來。「來人啊，還不快將她押走！」

孫參將招呼著手下幾個士兵上前來拽著又哭又鬧的丁子宜下去，她瘋狂地掙扎著，謾罵聲不絕於耳。

「廖姑姑，丁姑娘要是再這麼罵罵咧咧，妳就割掉她的舌頭！」我冷冷地吩咐下去，她的叫聲讓我的頭生生疼得像是要裂開來一樣。

丁子宜乍聽此話，頓時安靜下來。她只是用那雙黑白分明的大眼睛瞪住我，無聲地控訴著她的憤怒。

我不予理睬。「這就是了，這麼漂亮的一個可人兒，沒了舌頭多可惜！」我淡淡地說出這句話，四周靜寂一片。話音剛落，我心裡突然一震，這麼冷酷無情的話怎麼會是從我口中說出的呢？那個天真爛漫的司徒嘉真的已經一去不復返了。今天許姑姑的鮮血讓我更加清醒地意識到，在這個一步一陷阱的皇宮中，妳不比別人狠，妳就是別人的盤中餐。

我轉身離開榮陽殿，深夜的禁宮又恢復了平靜，彷彿剛才的喧鬧只是一場夢境。我招手讓孫參將過來，在耳邊低聲地交代道：「天一亮，你就去請襄陽王上官爵王爺和大宰相入宮，就說本宮昨晚被人行刺，現在有要事商量。」孫參將只是順從地點了點頭，便又按照規矩地退到我的身後。

銀色的月輝安謐地灑在青磚石上，泛出淡淡的光暈。打更的響聲遠遠傳來，再過兩個時辰，就該天亮了吧？可是明天，明天，我的生活中將不再有許姑姑。

我緩緩地走在隊伍的最前端，身後跟著百人的侍衛隊，還有宮女內侍數十人，這樣的排場與我此刻心境的淒涼，是如何的天壤之別啊？轉過前面的景源宮，便是皇后居住的昭陽殿了。

天階夜色涼如水，今夜，無人入眠……

一夜輾轉無眠，我早早就起了床。昭陽殿已經被收拾乾淨，原先擺放著梳妝檯的地方也已經被替換放上了泛著暗紅光澤的桃木櫃子。地上的血漬已經被擦拭乾淨，人走過時光潔的青磚甚至可以襯出隱約的光影。外面明媚的陽光徐徐照進正殿的大堂，擦拭一新的家具擺設都在陽光的照耀下散發出令人歡喜的光暈。

如果沒有昨晚的一切，這真的是一個喜人的冬日早晨。

「娘娘，請用。」洛兒端著一盅玫瑰露參茶來到我的面前。「上官爵王爺和大宰相已經在外殿恭候娘娘了。」

我輕輕地將茶含在嘴裡蕩了蕩，吐到旁邊宮女端著的小痰盂裡，然後接過洛兒遞過來的絲帕輕輕地掖了掖嘴。「他們兩位來很久了嗎？」

「是的，聽說娘娘險些遇刺，兩位大人一大早就進宮了。不過聽到娘娘還沒有起身，他們就一直在外殿候著。」洛兒現在是越來越出挑了，回答起我的問話來有條不紊。「娘娘要不要先用完早膳再出去？」

我擺了擺手，起身離座向外殿走去。經過昨晚的折騰，現在實在是沒有什麼胃口，還有更重要的事等著我解決呢。

看見我慢慢走近，上官爵和父親都起身跪拜。

「兩位大人，都起來吧。」我在正中坐下，洛兒緊跟著將一條蓋毯搭在我的腿上。

「娘娘，沒事吧？」父親關切的問出，眼光上上下下地打量著我全身。

「多謝大宰相關心，本宮福大命大，沒有受傷。但是許姑姑她……」提到許姑姑，我的眼眶不由得一紅。「許姑姑為了救本宮，被刺客殺死了。」我儘量克制著自己，不讓眼淚奪眶而出。

上官爵一怔，然後才淡淡地嘆了口氣。「許姑姑為了救娘娘而死，也算死得其所。娘娘也不要太傷心了，身子要緊。」他輕輕地捋了捋長長的鬍鬚，微微地搖了搖頭。

看得出父親也是十分難過，過了好一會兒方才開口問道：「那娘娘查出是誰幹的嗎？」

我向洛兒遞了個眼色，洛兒上前將丁子宜畫押的供罪書交到父親手裡。

父親快速地看了一遍，忍不住喃喃道：「真是目無王法，膽大包天！」然後憤憤地將供罪書交到上官爵手中。

上官爵接過供罪書一目十行地讀完後，怔怔地抬頭看了我一眼，又回過頭去看向父親。

「這……這……」

面前的兩人面面相覷了半天，上官爵才開口道：「娘娘，那您準備如何處置丁夫人？」他這句話問得很小聲，這確實是一個讓人為難的決定。「要不要讓刑部尚書成大人一起入宮商議？」

「不用了。」我冷冷地回絕道：「既然人證物證俱在，丁夫人也已經認罪，讓成大人進來豈非多此一舉？作為皇后，後宮的事，本宮還是有決定的權力的，不是嗎？」我看向上官爵，等待著他的回答。

上官爵看了我一眼，然後輕輕地點了點頭。

我微微地笑了笑。「刺殺皇后，此乃凌遲死罪。不過本宮念及丁夫人剛剛產下皇子，對上官皇朝也算有功……」我頓了頓，看見上官爵的臉上微微流露出鬆了一口氣的表情，我心中一緊，但仍是不緊不慢地繼續道：「所以本宮就賜了她一個全屍。昨晚廖姑姑已經送丁夫人上路了。」

我輕描淡寫地說完了這句話，然後靜靜地等待著上官爵的反應。

「娘娘，您——」上官爵猛然抬起頭來看向我，怔在那裡一句話也說不出。一瞬間，眼睛裡流露出驚訝、懷疑，然後隨即恢復了平靜，只是淡淡地出聲道：「娘娘英明。此等禍患，留在宮中，現在不除，必成大禍。」

「本宮也是如此認為的。」我順水推舟地繼續道：「丁夫人的妹妹雖然供出丁夫人的罪行有功，但是本宮懷疑她是畏罪才這麼做，很可能也參與了其中，所以現在也收押了起來。過會兒，本宮就將她送到刑部去，一定要將內幕審個清楚明白！

「喔，兩位還不知道這次的刺客正是上次燕王手下那個負責壅北大壩帳簿、出事後潛逃得無影無蹤的黃伯桑吧？」此話一出，我看見父親眼中閃爍出精光，我與父親的目光對上，微微的一笑，了然於心。「本宮會將他一起交給刑部，連同上次壅北大壩決堤的事，一併查清楚。大宰相，這事你就讓刑部尚書成大人和大司馬司徒理共同負責吧。無論如何，要讓他們開口說話，你明白了吧？」此話一出，大家心裡都清楚這兩人要在刑部大牢裡吃盡苦頭了。

「那丁府那邊，娘娘準備怎麼辦？」上官爵問道。丁夫人的哥哥丁佑南——上官爵最得意的門生，當今的兵部尚書——在朝中也是一個舉足輕重的人物，更何況丁夫人的父親曾任兵部尚書之位多年，在朝中還是有一定影響力的。

「這正是本宮要跟兩位商量的事。現在看來整件事錯綜複雜，絕不像是丁夫人一個女子可以策劃出來的那麼簡單，幕後可能更有黑手。所以丁府……」我停了下來，眼光不由自主地看向父親——父親，我這樣做，會不會太急了？

父親只是微微地笑著，並沒有制止我的意思。我恍然大悟，原來我與父親不謀而合，趁這個大好機會，一定要扳倒丁家。

「所以丁府的每個人都要收押起來，一個一個地審！」我不慌不忙地將此話說出。

「娘娘，萬萬不可。大戰當前，丁尚書身為兵部尚書，責任重大，怎麼可以在此刻被撤職受審呢？」

上官爵的反對在我意料當中。

「刺殺皇后，此乃謀反重罪。如若丁尚書真的參與其中，王爺能夠放心將如此重要的職責交給他嗎？所以說，只有現在查清楚了，我們才可以早作準備。」我早已有了應對的話。

「大戰當前，臨時換將，軍心不穩。何況到哪裡去找人來接替他呢？」上官爵不服。

「本宮覺得上官燁就是一個很不錯的人選。小王爺從小跟著皇叔征戰南北，也算是馬背上長大的。將門虎子，勝任此位，實在是最合適不過的人選。大宰相，您說呢？」我轉向父親。

「娘娘所見極是。」父親只是微笑附和著。

「這、這……」上官爵顯然沒有料到我會走這一步，推薦他兒子出任兵部尚書的重職。我知道他其實一直有心讓他兒子重歸朝堂，只是他隱退多年，又素以清心寡慾著稱，所以一直沒有機會對先帝提及此事。「燁兒還小，恐怕還不能承擔此重任。」

這話聽上去就像是客氣的推諉。

「哎，有王爺在旁邊輔佐教導，假以時日，上官燁必定是國家棟樑。這事就這麼決定吧。」我不容他推辭。

「那蘇大人那裡？」上官爵不放心地問道。

「蘇大人一向嫉惡如仇，面對刺殺皇后的罪行，他是絕不會反對的。何況上官燁確實是最好的人選了。」我笑著應對。

「估計丁府那裡不會乖乖束手就擒，娘娘，我們應該早作打算。」父親提醒道。

「哎，娘娘、大宰相，請放心，有老夫在，誰敢放肆？」上官爵拍胸脯保證道。

「那就有勞王爺了。」我們三人相視，然後一齊大笑起來。

臨送父親出門時，我悄聲地交代道：「父親，許姑姑的後事，您就操心一下吧。」

「娘娘，您也不用難過了。這點事為父的知道怎麼做。」父親心疼地看著我。

「噢，對了，許姑姑家裡還有什麼親眷嗎？」

「聽妳母親說，許姑姑有一子一女，兒子正跟著妳二哥在漠城。女兒嘛，應該跟妳一般大小，現在還在平南的老家。」父親邊想邊回答。

「喔，我想起來了，她確實比我大一歲，如果我沒記錯的話，是叫薛榛榛吧？許姑姑為了救我，就這麼去了，我也想為她做點事。那這樣吧，麻煩您老人家就將她接到宮裡來吧。」送父親出門前，我最後交代了一句。

父親遠去的身影被陽光在地上拉出老長的影子，我看著父親，直到他消失在宮門的盡頭，再也看不見為止。

我返身走入殿內，一邊走一邊下意識地喃喃重複著這個名字——

「薛榛榛……」

第三十一章　西出陽關無故人

上京的局勢在這三日內發生翻天覆地的轉變。襄陽王上官爵麾下的部隊連夜包圍了兵部尚書丁佑南的府第，刑部的大牢裡一夜之間多了不少丁姓族人和門生親信。

第二天，上京百姓們已經在大街小巷裡看到了我大哥親手撰寫的降罪書和丁家二小姐丁子宜簽名畫押的供罪狀。

丁夫人在寢宮裡私藏男人，是為死罪；丁夫人冒天下之大不韙派刺客暗殺皇后，是為死罪。兩罪並罰，絞刑處置。

丁府眾人，涉嫌參與其中，全部收押待審；丁家其他門生信眾，若能主動供出丁家謀反事實，可將功抵罪，既往不咎。

一併頒布的還有任命上官燁為新任兵部尚書的詔文，整個上京一時譁然。

坊間百姓早就對後宮這場終極權力的歸屬大戰拭目以待，現在以一方的死亡和一個家族的衰敗來作為這場戰爭的結局，人們在有了翹首企盼的好奇心得到大大滿足的同時，不禁也要唏噓一場。這個皇宮可真不是人待的地方。

刑部中特闢了一處衙門處理眾多與丁家有過蛛絲馬跡瓜葛、「幡然醒悟」的朝中人物的。此時的丁家方才看清人情冷暖，當時受過丁家老爺子提攜，承過丁家不少恩惠的人，紛紛轉過矛頭直指丁家。

名目繁多、情形甚具的供罪書一份接著一份地攏到我的面前來。一個一個按過的紅手印不由得讓我也生出些莫名的哀涼來。在這個官場中，真的是誰也靠不住呀！

當然，不願對丁家落井下石的人還是有的，例如前任太師歐大人，七十高齡卻寧願受牢獄之災而不願跟他人一樣對丁家作出指控，只為了與丁老爺子的同窗之情和共事之誼。只可惜這樣的肝膽相照、患難真情，只能留給他們自己在刑部大牢裡感懷了。

「娘娘，大宰相在外殿求見。」洛兒上來回報。

午膳過後，淡淡的倦意襲來，我半倚在美人榻上似睡非睡間閉目養神，身上蓋著厚厚的波斯絨毯，整個人彷彿沐浴在暖暖的陽光中一樣。榻邊放著一個精緻的小搖籃，搖籃周圍圍著一層輕柔的紗幔，裡面躺著正在享受恬靜午睡時光的上官揚。

自從處死了丁夫人後，小皇子就被搬到了我的寢宮，與我朝夕相對。出生已經七、八天的他，有著白皙的皮膚，嫩嫩的彷彿能掐出水來；長長的眼線勾勒出一雙漂亮的眼睛，雖然大多數時間都是在沈睡，卻總是讓人不由得好奇睜開後會是如何的絢爛奪目；睡覺時，上官揚的小嘴總是無意識地微微嚅著，不時地還會吐出些口水沫子，煞是可愛。

這幾天的相處，不知不覺中我已經對這個孩子生出一些難捨難分的情愫來，一個轉眼瞧不見，心裡便有了些空蕩蕩的感覺，原來女人天生的母性都是一樣的。我當機立斷交代下去，從此以後，在這後宮中，永遠不許有人再提到「丁夫人」這三個字。對於這個孩子來說，他只有一個母親，那就是我！

「傳大宰相進來說話。」我懶懶地吩咐下去。內殿生著火爐，暖得人的兩頰飛出紅暈來。我的肚子漸漸地顯出影來，人也隨著更容易乏，所以決定將父親直接宣到內殿講話。

「微臣參見皇后娘娘。」父親在我面前行禮。

我微微地揚手讓父親起身。「這裡沒有外人，父親不用多禮了。」

洛兒已經乖巧地將一張圓凳放在父親身後，父親謝恩後坐下。

「娘娘，將這小皇子留在您身邊，將來會不會是個禍害啊？」父親瞥了一眼我面前的搖籃，小聲地問道。

殿內沒有其他人了，我已經讓他們全部退下。

「父親，您不用擔心了。他還這麼小，什麼都不知道，會成什麼禍害呢？」我輕輕地擺了擺手，讓父親放心。「對他來說，我就是他的娘親，對於自己的娘親，他怎麼會變成禍害呢？」小傢伙又嘬了嘬嘴，一副與世無爭的模樣。

「可是宮裡人多嘴雜，將來難保不會有誰將丁夫人的事洩漏給他。何況娘娘現在自己也懷著身孕，對於今後的太子來說，這個孩子終究是個障礙。」父親不肯輕易放棄這個話題。

聽到「丁夫人」這三個字，我的臉色不禁一變。「不是說不要再提這個名字了嗎？」我的聲音帶著很明顯的惱怒，連父親都不由得吃了一驚。

每當夜深人靜之時，我獨自一個睡在寢宮，眼前總是浮現出丁夫人臨死之前用眼睛死瞪著我的恐怖樣子，或是轉眼又成了許姑姑渾身是血的慘狀。每每想到這裡，我都被驚出一身冷汗來，而「丁夫人」這三個字也成為了我的大忌。現在父親突兀地說出這三字，難怪我冷冷的目光當下就橫掃了過去。

父親噤聲不語，我也沈默了好一會兒，殿內氣氛尷尬異常。

我頓了頓，終於開口道：「父親，女兒自然有分寸，您就不要再為這事操心了。」我刻意軟語安慰，心裡懊悔剛才自己的語氣實在不太客氣。再怎麼說，面前之人畢竟是我的父親。

「父親，我腹中的孩子將來長大了，也需要一個輔佐他的兄長。如果好好培養揚兒，那他和未來的太子無異於一母同胞，豈不是更好嗎？」我誠懇地解釋道。

父親看了我一眼，過了半晌，才慢慢地點了點頭。

我明白父親心裡雖然有千百個不願意，但是我既然已經將話說到這個地步，那父親也不好再明著反對了。

「父親，現在前方的形勢如何了？」我試著轉開話題。

父親端起杯子的手又縮了回來。「現在形勢看上去有些不太好啊！糧草供給的必經之路雲韶關已經被大雪封路了，前方糧草供給不足，所以西域聯盟幾次挑釁的攻擊，妳二哥都不敢率兵全面還擊，為此還被皇上苛責了幾次。」父親輕輕地嘆了口氣，復又端起茶杯慢慢地吹散茶葉。

「上官燁上任以後，最近一批的糧草會在什麼時候出發去漠城？」聽到二哥被苛責，我也不禁有些擔心。我處死丁夫人的消息，在我嚴格的密令和父兄周密的部署下，照理說應該還沒有傳到漠城。但是隨著這批糧草的運出，上官裴應該不久後就會知道他心愛的妻子已經與他天人永隔了。

「後天凌晨。」父親回答道。突然，他好像也想起來了什麼，問：「娘娘，我們這次出手處理了丁族一門，皇上知道了，您這裡該如何應對？」

父親的雙眉緊皺，顯然剛才他的思緒與我不謀而合。

「大戰當前，皇上就算知道發生了什麼，暫時也不會做出什麼反應。只要二哥這次能夠打勝仗擊退西域聯盟，那我們司徒家族就沒有什麼好擔心的！」我果決地說出，聲音幽幽地從牙縫中迸出。「上官燁畢竟還是個乳臭未乾的小子，他父親對他又寵愛異常，所以難免有些偏袒。父親，因此你一定要在旁對上官燁的所作所為留個心，務必保證前線的糧草供應。只有這樣，我們才能寄望於二哥打贏這場仗！」這場戰爭不僅關係到一個國家的榮辱昌盛，還關係到我們司徒家族的生死存亡。

「為父的自然明白這個道理。」父親點頭稱是。「噢，對了，為父已經將許姑姑的閨女薛榛榛帶來了。她現在正在宮門外候著呢，沒有娘娘的吩咐，為父的不敢隨意帶她入宮。」

「來得還真快呀，我原本估算她最早明天才會到呢。」我自言自語道。「麻煩父親傳她進來吧。」

父親接旨後親自去殿外傳話。

我示意洛兒拿走我身上蓋著的絨毯，聽到薛榛榛名字的剎那，不知為什麼，我竟突然感到一陣燥熱不安。洛兒貼心地遞過帕子，我輕輕掖了掖額頭上滲出的汗，心裡想著興許是這爐火生得太旺了吧。

出神的當口，父親已然領著一個纖瘦女子款款走入。由於背光而入，只依稀可辨來人窈窕的身姿和及腰的長髮。

未及站定，她已經全身而拜。「民女薛榛榛叩見皇后娘娘。」

她的聲音中規中矩，平淡無奇。我微微一愣，這樣的波瀾不驚，乍聽上去一點都不能讓人聯想起幾天前此人才剛經歷了喪母之痛。

「抬起頭來讓本宮看看。」我搭著洛兒的手站了起來，慢慢地踱到她的面前。

她緩緩地抬起頭來，正迎上我的目光。

粗粗看去，一張娟秀的臉龐，不施粉黛的清雅，雖然沒有奪目的光彩，倒也喜人。可是多看了一會兒，我便愣在了當場。

她的那雙眼睛，那雙顧盼流波的翦水雙瞳，半是縹緲，半是迷茫，又略帶天真無瑕和慵懶魅惑，只是短短一瞬的注視，已經攝人心魄。本是平淡的一個女子，剎那間竟然因為一雙美目而光芒四射起來。

眼前的人雖然從來未曾謀面，可不知為何，竟讓我生出強烈的熟悉感來。那雙眼睛，我曾在哪裡見到過？

薛榛榛自然禁不起我這樣咄咄逼人的注視，臉一紅復又低下頭去默不作聲。我恍然意識到自己剛才的失態，微微頓了頓，轉身走回了榻邊坐下，並讓她平身。

「許姑姑是本宮的奶娘，後來又一直在本宮身邊伺候著。這次為了救本宮而慘遭毒手，本宮深感痛心。妳父親早亡，唯一的兄長在鎮關大將軍手下當差，本宮已經吩咐下去，讓人好生照應他。既然妳在家鄉別無其他親人，不如就留在本宮身邊當差吧。等到局勢穩定下來了，本宮一定為妳找個好婆家，也不枉妳母親跟隨本宮多年。」想起許姑姑，心裡還是忍不住的心痛，只是怕在她女兒面前觸動傷心事而強忍了淚水下去。

「民女謹聽娘娘吩咐。」她仍是頭也不抬，俯身下去深深一拜算是謝恩，便不再言語。

我沒有料到她是一個如此寡言的人，本來還怕她哭哭啼啼說起許姑姑的事徒惹我傷心，現在一看倒是我多慮了。只是這樣的沈默，倒給我帶來一點不小的意外。這樣一個年方十九、平日裡足不出戶的民間女子，初經母親死於非命的巨大變故，後又來到深宮禁苑見到高高在上的一國之后，能做到不驚不乍、從容應對，倒讓我產生了不容小覷的念頭來。若將她留在身邊，假以時日好好調教，在我身邊伺候著，倒不啻添了一個左膀右臂。

這個念頭還未轉完，外殿已是一陣喧鬧。沒一會兒，就見孫參將匆匆進來稟報。

「回稟娘娘，兵部尚書上官小侯爺殿外求見，據說有要緊事情要讓娘娘決斷。」

我側臉看了一下父親，父親也是一副不明就裡的情況。照例，皇上不在後宮，除非出了什麼驚天的大事，身為臣子不得不經宣召無故來到後宮。難道是……真的出了什麼大事？

想到這裡，我的心不禁急跳起來，果真是一個多事之秋。才剛與丁家秋後算帳，難不成還有什麼更煩心的事要在此時接踵而來？

「宣他進來回話。」我的語氣仍是慵懶。經歷了這些日子在後宮發生的種種變故，我真正明白了無論何時何地，處亂不驚對我來說是多麼的重要。

不一會兒，就看見上官燁疾步如飛地步入內殿。「微臣拜見皇后娘娘。」他也不及等我讓他起身，自己就站了起來。在這樣的大冬天，他卻滿頭滿臉的汗，一副狼狽樣，哪裡有一點兵部尚書的樣子。

「起來回話吧。洛兒，給小侯爺看座。」他這樣杵在我面前，看了讓人心煩。

上官燁卻不等洛兒搬來座椅，跨前一步伸手遞上一封信。

橙黃的信箋，除了皇上的御筆親書，無人敢用的顏色。信仍捏在上官燁騰在半空的手裡，我卻突然不願意伸手去接了。這樣的黃色看在我眼裡，讓心一下子就晃蕩了起來。

上官燁看我出神，不由得輕輕咳了一聲。

我反應過來，這才緩緩從上官燁手裡接過信。信已被拆開，信上的字跡我自然熟悉，除了上官裴還有何人？我粗粗地瞄了一眼，信封上的收信人指明了是兵部尚書親啟。我突然想發笑，上官裴自然認定收信人是他的妻舅丁佑南，可他又怎會料到京城裡這幾天內翻天覆地的變化呢？

一邊想著，一邊慢慢抖開信紙，精緻的玉板宣彷彿還散發著淡淡的墨香。上面所寫的內容不多，我卻反反覆覆讀了好幾遍方才緩過神來。

「娘娘，皇上有什麼旨意嗎？」父親關切地詢問著。

我的手心早已冷汗涔涔，背後卻覺得涼風颼颼。抬眼看了眼父親，目光卻又不自覺地落回了那封信。信紙上只有簡單的一行字，我的五臟六腑卻在這一瞬間像是被絞了起來。

此次糧草押送，皇后務必同行。

上官裴竟然要身懷六甲的我，在後天凌晨隨糧草同去漠城！

難道我處置丁夫人和她全家的事情已經這麼快傳到了他那裡，他要讓我去漠城等待他的發落？父兄心裡自然是不願我前往，大著個肚子，身子已是不爽，怎麼還禁得起長途顛簸？可是上官裴是君，我等是臣，若沒有徹底的決裂，我又怎能抗旨不遵？現在邊關告急，二哥正在上官裴麾下浴血征戰，他宣我同往，為臣為妻為妹，我唯有遵旨這一條路而已。

漠城，邊塞重鎮，既是金戈鐵馬廝殺遍野的血腥戰場，又是絲綢鋪路名聲遠揚的沙漠綠洲。司徒家族的多少榮耀在這裡建立，成為傳奇；司徒家族的多少熱血男兒在這裡逝去，魂斷他鄉。

而我，將作為司徒家族第一位踏上漠城土地的女子。以一個皇后、一個妻子和一個未來母親的身分，前去見她的皇帝、她的丈夫、她孩子的父親。

我，又需要怎樣的心情才能面對這條吉凶未卜的旅程呢？

第三十二章　落花時節又逢君

離開上京已經快七日了，雖說行進的速度已是很快，可這去往漢城的路仍像是沒有個盡頭。除了我父兄和上官爵父子，沒有別人知道我隨著這次糧草同往漢城。

對外的名義，我只是宮廷裡的一位內眷，隨軍前往漢城照顧皇上起居也是正常。外加我整天蝸居在這個還算寬敞的馬車裡幾乎不露面，倒也沒有引起別人過多的注意。

父親特意授意御林軍的戚將軍欽點了十來個親信高手在孫參將的指揮下保護我的安全，他們的坐騎總是密不透風地圍繞在我的馬車旁，讓我稍許有些安心。

昭陽殿裡與我同行的只有洛兒和薛榛榛。帶著洛兒同行本是自然，自從經歷了先前一系列的事件後，我對這個小姑娘的信任已經不可同日而語。而為什麼帶著薛榛榛，現在想到此，我倒有些迷惑當時一下子作出的決定。也許我需要一個沈默寡言的人在身邊默默地陪伴，抑或是她與許姑姑的那層關聯，讓我沒來由地覺得放心。追根究柢，我卻沒有一個確切的答案。可就是出發前的最後一刻，我竟然宣了她隨行。

接旨的那一剎那，她什麼也沒說，甚至連一個驚訝的表情都沒有，只是平靜地領旨謝恩，然後跟隨著洛兒忙碌地為我準備行李。要前往一個充滿血腥殺戮的所在，對任何一個花季年齡的少女來說，都是一件可怕的事情，可是她除了默然接受，連一個細微的挑眉動作都不曾有過。我看在眼裡，暗中不免有些忐忑，這個決定對我來說究竟是好還是壞？也許只有時間可以揭曉謎底。

越往北走，天氣越發寒冷。從昨晚開始，天氣就陰鬱得彷彿要落下來一般，眼看這場大雪風暴隨時都要呼嘯而至。果然，今兒個一早剛睜開眼睛，就看見外面已是白茫茫一片。鵝毛大的雪花密密地飄落，天地之間彷彿都掛起了一層白色的簾子，被風呼呼吹過，重重地砸向了押送糧草的大軍。縱使身上蓋著厚厚的紫貂毯子，手裡捧著暖爐，可光是從簾縫裡透進來的風，就已把我的鼻尖凍得通紅，這天氣可實在是冷得夠嗆啊！真難以想像外面那些行路的士兵們會是怎樣一個難熬啊！

洛兒畢竟只是個孩子，哪裡見過這樣的陣勢？除了一個勁兒地哆嗦，就是不斷地嘀咕著，為什麼皇上大老遠地要讓我這個懷著龍子的皇后娘娘趕往漠城。倒是薛榛榛，這時候倒派上了大用場，除了寡言少語外，將我照顧得倒是十分周全。

「娘娘。」孫參將在簾外小心地喚著我。因為我身分的特殊，孫參將的嗓音刻意壓低到幾乎不可聞的地步。「再過一個時辰，我們就到雲韶關的平川驛站了，今晚就宿在那裡。微臣已經先行派人前去打點娘娘的房間了，娘娘不必操心。明兒個一早從雲韶關出發，至多不過兩天的路程就到漠城了。」

雲韶關，號稱天下第一險關，從古至今都是兵家力爭之地。雖然此地被叫做雲韶關，其實卻是一個不大不小、人口過萬的城鎮。雲韶關內接北方十六省的交通中樞，又是中原去向軍事重鎮漠城的唯一通道。四周是素以陡峭險峻聞名的蒙羅格山，呈半圓的形態將雲韶關攏在其中，易守難攻。不誇張地說，雲韶關是上官皇朝面對北方諸強威脅的最後一道門戶，也是必須要守住的一道要塞。

而這個地方，對於我們司徒家族的人來說，更是有不同尋常的意義。司徒家族的始祖司徒其，上官皇朝開國皇帝上官達的莫逆之交，第一位皇后司徒荻的兄長，便是在奠定上官皇朝根基的決定性戰役「雲韶之役」裡為救上官達的性命，替他擋住了敵人射來的毒箭。司徒其在上官達的臂彎裡交代了妹妹的歸宿後，便嚥下了最後一口氣。上官達平定中原後，在雲韶關建立了「忠義堂」，讓後世萬人謹記司徒家族的忠孝節義。雲韶關，既成了司徒家族的傷心地，也成了司徒家族傳頌至今榮耀的所在。

聽孫參將說，為了保證糧草大軍的順利通行，上官爵已經派人征了當地民工連夜趕工將封蓋官道的厚冰鏟去。眼看外面大雪紛飛，我心裡不禁微微有些擔憂，不知這去往雲韶關的路又將是怎樣的一番顛簸崎嶇。

這幾日我隱隱感到了腹中孩子的一些動靜，驚喜之餘，不免更加擔心這一路的車馬勞頓會對孩子造成什麼不好的影響。摸著已隆起的肚子，我不禁想到了留在上京皇城中的揚兒。離開了這娃兒才不過幾天，心裡竟然由於思念而堵得慌，甚至已有些不記得他是仇敵的血脈了。

想到丁夫人，我的心不禁一陣猛跳。都過去那麼好幾天了，可這個女人的名字仍然像夢魘一樣緊緊纏著我不放。我不由得深深吸了幾口氣穩了穩神，才開口吩咐著簾外的孫參將。「東易，你讓其餘的人先行前往驛站休息。本宮想先去忠義堂祭拜一下司徒家的先祖。你不用驚動別人，挑幾個精幹的御林軍跟著保護就可以了。」自從許姑姑出事那天我第一次直呼孫參將的名字後，這個稱呼就再也沒有更改過。對於這個忠實憨厚的漢子，我現在有著不可名狀的依賴感。

「微臣領旨。」

孫參將永遠不會問我要做任何事的理由，他只是無條件地執行我下達的命令。也許這也是我對他依賴由來的一部分原因吧。

「娘娘，我們……」洛兒想說些什麼，但看了一眼我凌厲的眼神，終究沒有說出口。

我自然明白，這麼寒冷的夜，又是在這樣的邊塞孤城，作為一個十來歲的孩子，她只想早點到達驛站吃飽了，在暖暖的被窩裡睡個好覺。

可是她又怎能明白，我，高高在上的皇后，也同樣只是一個二十歲不到的女子。只是因為出生於司徒家族，就必須承擔起常人難以想像的重壓，去面對連錚錚鐵骨的男子都忍不住會皺眉退縮的險境。而此去漠城，命運如何，完全未卜，我需要我的先祖在這一刻給予我精神上的慰藉。

先祖司徒其身後被上官皇朝的歷代帝王不斷追封，忠義堂也不斷地被重整翻新，至今已經不啻一個規模不小的宮殿了。我被薛榛榛扶下了馬車，迎面聳立的便是氣勢迫人的正殿大門。整個忠義堂青磚紅垣，門坊巍峨，雕樑畫棟，飛簷斗拱，殿堂樓閣，鱗次櫛比。連一向出入於宰相府和皇宮的我，都不禁被小小的震懾到。

雪還是不停地下，風卻小了一點，我們一行十來人跟隨著忠義堂的守衛穿過大雪覆蓋的青磚路。腳踩在厚厚的積雪上，發出嘎嘎的響聲，在這寂靜的夜，落寞的所在，聽得人淒涼感頓生。

我披著厚厚的紫貂皮披風，搭著薛榛榛的手慢慢地向前走著。我看著雪地上自己留下的腳印，在剎那間無聲無息地被大雪抹去了蹤影。

此情此景不禁讓我感嘆萬分，忍不住輕輕脫口而出。「人生到處知何似？應似飛鴻踏雪泥。」人生的不可預知正如那雪泥上空留爪印的飛鴻，一年前的我又何嘗會想到今時今日會過著如今這樣的生活呢？

話音剛落，我便聽到身邊那個一向沈默少語的女子接了下半句——

「泥上偶然留指爪，鴻飛那復計東西。」

我頓了頓，側過臉看向說話之人。她的側臉在火把的照映下有著一種淒迷的美，輪廓鮮明卻又模糊，彷彿與我是在兩個世界的人一般。她沒有回頭看我，只是認真地看著腳下的路，但扶著我的手卻好像抓得更緊了一些。若不是剛才我實在聽得真切，恐怕我會覺得這只是我的錯覺。

想開口說些什麼，卻在那刻覺得無論說什麼都是蒼白。話到嘴邊還是忍住了，只是專心致志地走著腳下的路。身邊的薛榛榛也不見絲毫異樣，並排行著的兩人在剛才一剎那心靈的交流後，又恢復了主僕間的距離。

穿過兩邊的石牌樓、木牌坊、鐘樓、鼓樓、刀樓，終於來到了供奉著先祖司徒其全身銅像的正殿。正殿上方懸著始祖皇帝上官達御筆親書的匾額「萬古臣綱」。

我心裡不禁微微一酸，一個肯為了皇帝，連命也不要的大忠臣，哪個皇帝會不喜歡呢？

正殿已經被十幾束火把照得通亮，放眼望去，整個殿宇十分的乾淨，顯然有人很用心地每天打掃著。先祖的銅像高丈餘，身披重鎧，左手插在腰間，右手握著名聞遐邇的紫翎刀，英雄豪邁之氣，栩栩如生。銅像旁的雙柱上刻著先祖留下的一句家訓——

父有不慈，子不可以不孝；君有不明，臣不可以不忠。

我雙手合十站在銅像前，心裡默默地說著：先祖在上，您若是天上有靈，請保佑上官家族與司徒家族不要走到局面不可收拾的那一天。

「什麼人?!」突然，我只聽到孫參將對著殿門外一聲怒吼，十來個御林軍侍衛眨眼間已經圍成了一個半圓，將我擋在身後。電光石火間，他們個個劍鋒出鞘，殺氣逼人。我從他們的身形間隙望出去，殿外除了呼嘯的風和密密的雪花，什麼也沒有。

自從經歷了許姑姑被殺的事件後，我對刺客這個事情已經產生了麻木的情緒，現在只是很愕然地被所有人擋在身後，心裡卻不是很害怕。洛兒已經驚慌地躲到了供檯下面，小小的臉蛋埋在雙腿間，人也在簌簌發抖。可這時的薛榛榛卻又一次讓我刮目相看，她一個箭步衝到了我的身前，一拽手將我拉到了她的身後。她的眼睛機警地盯著殿外，雖不曾向我這裡瞥上一眼，但她的話堅定有力地安撫著我——

「娘娘，不會有事的，不用擔心。」

侍衛們又是一陣騷動，我這才看清殿外果然有一條拉長的黑影徐徐靠近。那個黑影慢慢地走上了臺階，跨過了門檻，終於在離侍衛們兩個身長的地方停了下來。

來人高高瘦瘦，穿著最平常不過的裝束，走進時一手仍不離腰間那把長柄寶劍。我將目光移向他的臉，劍眉星目、氣宇軒昂，而更讓我觸目驚心的卻仍是似兩汪深不見底的潭水一般的美目。

故人歸來嗎？在多久以前的觀音廟？抑或根本就是夢境中出現的人。是他？怎麼會是他？可不是他又會是誰？這雙琥珀色的眼睛此時此刻如此真切。

我還在思量，來人已經全身而拜。

「罪臣傅浩明參見皇后娘娘。」

滿耳皆是他下跪時佩劍撞擊青磚地面的叮噹聲，他的聲音仍然如舊時的不溫不火。那個在觀音廟對我說出「捨得捨得，有捨有得」的男子，那個端著湯藥逼我喝下去的男子，那個我以為今生今世都不會再見到的男子，此時此刻正跪在我的面前。

「罪臣傅浩明奉皇上的旨意，特意在此恭迎皇后娘娘，娘娘萬福金安。」傅浩明邊說著邊從胸前摸出一塊玉珮和一封書信。他仍舊跪在那裡紋絲不動，高舉著雙手等待著孫參將過去拿。

孫參將小心翼翼地走了過去，從他手中接過玉珮和書信，然後轉呈給我。玉珮我自然認識，那是上官裴貼身攜帶的玉珮，篆玉大家樓金石在一面親刻「福壽恒昌」四個字，另一面則是一個剛勁有力的「裴」字。我知道這組玉珮一共兩枚，是先皇上官桑在上官裴與丁夫人成婚的時候親賜的。另一枚玉珮在廖姑姑處理丁夫人屍首時，在丁夫人的遺物中我曾看見過一眼。同樣出自樓金石巧奪天工的絕妙手藝，一面是「芳齡永繼」，另一面是丁夫人的閨名「采芝」。

不知當初上官桑御賜這對看似祝福實為示威的玉珮時，懷著是怎樣的一股復仇心理？可誰又會料到，上官裴會對這位貌不驚人的丁夫人用情至深，而這麼多年來丁夫人對於上官裴也確實做到了不離不棄。與一個死人再一爭高下毫無意義的，我讓廖姑姑將丁夫人的這枚玉珮與她一同下葬，也算對他們這對患難夫妻情深意重的最後一點成全。

抖開信紙，上官裴熟悉的字跡映入眼簾。他師從楷書名家趙昭容，一手字寫得十分的賞心悅目。從信上所述，傅浩明果然是奉了上官裴的旨意來此恭候我的大駕。上官裴並不願意讓別人知道皇后也出宮來到了漠城，所以他特意派傅浩明引著我這一行人從小道進入軍營。

「你怎麼知道本宮會來忠義堂暫作停留？」我看著眼前仍然跪在地上的傅浩明……傅參將，或者更確切些。上官裴不知動用了什麼門路，將他從刑部大牢裡救了出來。不僅如此，還將他秘密調到了前線，隨伺在側。不過仔細想來，也在情理之中。上官裴來到了我二哥的地盤，自然是百般警惕，而作為上官裴最信任的人，傅浩明出現在這裡，感到奇怪倒是我天真了。

「娘娘，是否方便私下裡說話？」傅浩明面對著我探究的目光，一臉的平靜。

「你們都出去，在殿外候駕吧。」我吩咐道。

所有的侍衛收起兵器，魚貫而出。

薛榛榛看了我一眼，又低頭看了看跪在地上的傅浩明，聲音響亮地說了一句。「娘娘，奴才們就在殿外，您隨時吩咐就是。」

我明白，這句話是說給我聽，更是說給傅浩明聽。話音剛落，薛榛榛便轉身拖出藏在供桌下面的洛兒，隨著侍衛一同走出大殿。

「東易，你留下。」我喚住了已走出大殿、返身正要關門的孫參將。他正要關門的手停在半空中，人卻也沒有一絲猶豫，復又走進了大殿，重新關好身後的門。

沒有了十幾支火把的照耀，大殿裡一下子暗了下來，只有噗噗的燭火照得人臉色陰晴不定。

「你起來回話吧。」我一邊讓傅浩明起身，一邊示意讓孫參將站在我和他之間。現在這個時候，我是寧可先小人後君子了。而對於曾經想加害於我的傅浩明，怎樣的防範都不為過。

傅浩明看著半擋在他身前的孫參將，猶豫著該不該將要說的話說出口。「傅參將，你但說無妨，孫參將不是外人。」我看出了他的遲疑。

既然我已發話，傅浩明也不好再推辭。

「娘娘，皇上這次特意讓您隨糧草大軍同來漠城，確實也是不得已。皇上說，若是娘娘來到雲韶關，必定會來忠義堂拜見司徒家的先祖，所以……」他頓了頓，抬頭看了看我。

我的臉幾乎隱沒在孫參將背後，傅浩明見看不出個所以然來，便繼續道：「鎮關大將軍司徒玨大人為了救皇上，身中毒箭，性命垂危。」

我的腦袋裡「轟」的一聲，傅浩明接下來的話便化作了嗡嗡聲。我只隱約看得見他嘴在動，可具體在說什麼，卻已經完全聽不見了。

我的二哥司徒玨，我那驍勇善戰、少年英雄的二哥，那個十五歲就隨著叔父征戰南北，二十一歲就獨自帶軍生擒北朝國相，立下無數功勳的二哥，那個從小帶我習武練劍，對我嬌寵無比的二哥，那個被無數上官朝的百姓稱為戰神的二哥，竟然身中毒箭，性命垂危?!

而這一切還都是為了救一直為難司徒家族、為難他的上官裴？

我突然回身看了看身後先祖司徒其的銅像，一股不好的念頭剎那間將我吞噬。

難道歷史真的要再次重演嗎？

第三十三章 乍暖還寒時候，最難將息

「娘娘……」孫參將看我臉色慘白，神情恍惚，不禁擔心地叫了我一聲。

我的雙眼早已蓄滿淚水，而我只能微微抬起頭，掙扎著不讓淚水流出。「傅參將，我二哥究竟是如何受的傷？現在的情形又是如何？你快如實道來。」此時的我，只是一個一心要救自己兄長的妹妹，心急如焚間也顧不上什麼君臣之禮了。

「娘娘，事情緣起於十日前的一次突襲行動。漠城的雪已經足足下了十多日了，敵我雙方的糧草都已消耗得差不多了。十日前，據探子回報的可靠消息，此次叛亂的匪首之一斡丹流亡貴族頭領墨吉司查親率五千兵馬前往離漠城最近的科爾沙調集糧草。皇上覺得若是等到這批糧草補給一到，對叛軍來說無疑是如虎添翼。若能截下這批糧草，勢必對叛軍是當頭一擊，而這批糧草又能為我方所用，實乃一個一箭雙鵰的好法子。

「因此，皇上命司徒大將軍定下了突襲計劃，並且執意要親自參與突襲。司徒將軍本來力勸皇上不必親自披掛上陣，但是皇上為了鼓舞士氣，一定要親力親為。突襲地點定於離漠城七十里的塔子河，由司徒大將軍率領三千人馬趁夜火燒敵營，製造混亂，而皇上會帶領京畿營的精銳部隊鐵騎連四千人衝入押放糧草的帳篷，殺掉守衛，截取糧草。

「本來一切都進行得十分順利，叛軍不料半路有變，被打了個措手不及。皇上帶著鐵騎連，首當其衝殺了不少叛軍，眼看糧草得手，不料就在我們押著糧草返回到軍營的路上中了埋伏。從塔子河西岸的河谷深處衝出萬來名敵軍，鋪天蓋地地朝我們殺過來。事後我們才知道，這批伏軍是由叛軍首領北朝皇帝阮文帝親率的。我們雖拚死抵抗，但畢竟寡不敵眾，漸漸就落了下風。

「不知為什麼，混亂之中墨吉司查竟然認出了皇上的坐騎『赤煉龍』，吩咐手下朝皇上的方向發射毒箭。危急之中，司徒將軍為了救皇上，不幸中了一箭。這箭頭上的毒是斡丹獨有的紫砂淬，非斡丹皇族不能有解藥，而這毒藥的毒性一個月內必會發作，一旦發作，就是華佗再世，也是再也救不得了。這幾日司徒將軍都是勉強靠著天山冰蟬方才支撐了下來，可是看這情形，樣子很不樂觀啊。皇上沒有辦法，不得已才把娘娘叫到了漠城。」傅浩明一口氣說到這裡，臉色已經煞白。

想必當日他也跟隨上官裴參加了塔子河的突圍行動，那日的血腥廝殺與親眼見到他的表弟、上官朝的天子差點被人射殺的場面，必定讓他到現在都覺得觸目驚心。

「那讓本宮來到漠城又有何用？本宮一個女人家，一來不能親自上陣殺敵，二來也沒有絕世醫術，如何救得了司徒大將軍？」

「這……」傅浩明語氣遲疑，臉色越發顯得蒼白。

「都到了這個時候，還吞吞吐吐做什麼？」我怒道，語氣不禁加重。

「娘娘！」傅浩明「砰」的一聲跪倒在地，說話的語速不慢反快了起來。「突襲過程中，我方擒獲了科爾沙國的監國長公主卡娜兒加。此人是科爾沙國王最寵愛的長女，也是彝北可汗的外孫女，皇上想用卡娜兒加來換取斡丹的解藥。」

聽到這裡，我不禁微微一愣。可想而知，上官裴手裡抓住這樣一個重量級的戰俘，對於整場戰勢意味著什麼。有卡娜兒加在手，至少可以同時牽制叛軍聯盟中的兩個國家，那等於是斷了阮文帝的一條臂膀。上官裴不會不明白這個道理，而他為了救我二哥，願意放棄這樣一個絕好的機會，對我來說確實是一個不小的意外。特別是這麼久以來，二哥一直作為我們司徒家族與其分庭抗禮的一個重要籌碼。

「那斡丹肯不肯用解藥換公主呢？」我追問。

「阮文帝同意交換，時間定於三日後，地點是離漠城二十里的素莊。但是阮文帝卻還提出了一個要求……」傅浩明又一次欲言又止。

我心裡揣測，這個要求勢必與我被召來漠城有關。這一次，我沒有催他，只是靜靜等待著他再次開口，彷彿也是等待自己的命運被宣判一般。

殿外的風呼呼地颳著，聲音在這寂靜的夜聽起來格外的駭人。外面的火把將門口等待著的人影投在了門上，綽綽的人影中薛榛榛的身影極易分辨。她一直站在離門最近的地方，柔弱的身影反而傳遞出堅毅的氣質來，讓人看了竟淡淡的有些安心。

過了好一會兒，傅浩明才繼續道：「阮文帝說怕皇上在交接人質的時候搞鬼，所以他要讓娘娘親自押解卡娜兒加公主去素莊與他交換解藥，否則就一切免談。皇上本來自然是不肯讓娘娘涉險的，就想到要找人冒充娘娘，但是經過塔子河一役後，皇上和司徒將軍都懷疑我方這裡可能有叛軍的奸細，很有可能還身居高位，所以為了以防萬一，才不得不讓娘娘屈尊前來。」傅浩明說完後，小心地打量著我，生怕我在聽到這些消息後，一個不支就暈了過去。

可他又怎麼會知道，在聽到讓我來到漠城的真實原因後，我竟然沒有絲毫的恐懼和半點的不安，反而自離開上京多日後第一次有了輕鬆的感覺。因為我知道，原來二哥還是有救的，而我付出任何代價，只要能救得了二哥都是值得的。

阮文帝，這個瘋狂地愛著我阿姊的北朝皇帝，在聽到我與我阿姊容貌酷似的傳聞後，自然是迫不及待地想要一睹芳容了。為了得到我，他竟然在大敗後的第五年，再一次發動了「衝冠一怒為紅顏」的戰爭。那至少可以說，短時間內他應該不會想要置我於死地吧？

「因為皇上懷疑我方有奸細，所以特意讓傅參將來接引本宮？」我緩緩地繞過孫參將，走到傅浩明的面前，親自伸手將仍跪在地上的他攙扶了起來。

孫參將亦步亦趨地跟在我身後，像個影子一般。

傅浩明沒有料到我會親自扶他起來，盯著我搭在他袍袖上纖巧修長的手指注視了好一會兒，方才誠惶誠恐地起身。

「其實這也是皇上想挖出幕後黑手的一步棋。那個奸細無論是出於什麼目的，都不想讓司徒大將軍起死回生，更不想讓本來可以坐收漁翁之利的好處到了嘴邊又跑了，所以他一定會想方設法破壞此次交換人質與解藥的行動。而最徹底的破壞，就是讓阮文帝指定要出現的皇后娘娘不能出現。所以皇上預計，一定會有人乘機在途中偷襲娘娘。」

「什麼?皇上竟然用娘娘做誘餌替他剷除奸細?!」從不發聲的孫參將突兀的一聲凌厲質問，倒把我和傅浩明都嚇了一跳，我甚至看到傅浩明的右手已經在剛才的一瞬間摸到了劍柄。

「東易。」我輕輕叫了孫參將的名字意為制止，但是卻不見一絲惱怒。我知道，這個錚錚的漢子現在已完全將保護我的安全作為他人生的全部意義了。

「娘娘身懷龍種，皇上自然不會將娘娘的安危置之不理。娘娘從雲韶關前往漠城的行程，除了襄陽王和大宰相外，只有我一個人知道。而在此同時，皇上還分別將幾條不同的線路告訴了幾個有嫌疑成為奸細的人，並有喬裝成娘娘的人在所說的那些地點出現。無論是哪個地點遭到襲擊，皇上就能知道奸細究竟是誰了。」

這個引蛇出洞的招數確實不錯，不禁讓我對第一次帶兵出戰的上官裴有點刮目相看。也許那個以前被我與丁夫人的後宮爭鬥搞得筋疲力竭、暈頭轉向的男人，比我自以為瞭解的要好很多。

想到丁夫人，我不禁又有些慌亂。上官裴應該還不知道他鍾愛的丁夫人已經命喪黃泉了吧?我略微不自然地清了清嗓子。「傅參將，皇上應該對這幾日京城裡發生了些什麼略有耳聞吧?」

我決定先發制人。

傅浩明的神情在那一剎那間變得十分複雜，既有尷尬又有心痛，甚至還有一絲掙扎。琥珀色的眼眸剎那間竟然翻湧出暗黑，過了好一會兒，他才嗓音嘶啞地繼續道:「丁夫人大逆不道刺殺皇后，罪當該誅。娘娘留她一條全屍，已算仁至義盡。戰事當前，國家危難存亡之際，娘娘不必為這些瑣事傷神。」他的眼光只是停留看著供檯上明滅的燭火，不知是在回答我的問話還是在背事先早已準備好的說詞。

我當然明白傅浩明對於丁家的感情。在上官裴母子與他在京城裡無路可走的時候，是丁采芝和她的家庭接納了他們。上官裴雖說是個皇子，但是不見於太后和當今皇上，這樣的皇子比螻蟻還不如。別人避之唯恐不及，而丁采芝卻是一心一意好好待她的丈夫、婆婆和這個表哥，想必以前受盡了冷遇白眼的他們，心中定是充滿感激的，而榕城這幾年的生活在傅浩明的記憶裡也留下了不可磨滅的溫馨記憶。

那，他現在說出這樣的話，難道也代表著上官裴的意思嗎？大戰當前，他願意放下恩怨，與司徒家同心協力，與我這個皇后冰釋前嫌嗎？還是我一直以來高估了丁夫人在上官裴心中的地位嗎？

「皇上也是這個意思嗎？」我小心翼翼地追問，目光緊緊跟隨著傅浩明想要逃避的眼神。我迫切地需要知道我的丈夫是不是也願意既往不咎和我重新開始。想到這裡，我的心撲撲直跳，心跳的聲音好像都蓋過了大殿外的風聲。

「娘娘。」傅浩明轉向我，臉色陰鬱得好似剛剛生了場大病。「京城來的密報，關於丁夫人的死訊和皇后處理丁家一門的事情，都被司徒大將軍身邊的人壓了下來，皇上到現在都還不知情。」此話他說得極慢，彷彿每吐出一個字，他的心都像被狠狠扎了一記一般。

我大驚，原來上官裴至今還被蒙在鼓裡，什麼都不知道。「傅參將是皇上的表兄，怎會眼見司徒大將軍和手下知情不報而袖手旁觀呢？」我突然覺得口乾舌燥，原來等待宣判遠比知道刑責更可怕。

「司徒大將軍對我說，如果皇上知道了，勢必不會也不肯放過娘娘。皇上若是要對娘娘不利，那也就意味著上官皇族與司徒家族徹底決裂。如果是這樣，在現在這個非常時期，等於是將上官皇朝的千秋社稷拱手送給了叛軍。姨媽一直讓我要幫著皇上保全上官皇朝的江山，我不能眼睜睜地看著這一切發生，所以我答應了司徒將軍，暫時不將此事稟報皇上。」

他完全無視我看著他的目光，心裡想必也惱恨自己不得已要對上官裴撒謊這個事實。

「暫時？」我突然笑了出來，笑得花枝亂顫，連頭上的玉釵步搖都叮噹作響。「然後等到司徒家族為了上官皇朝掃平外敵進犯，保全江山社稷後，再將本宮為丁夫人陪葬？」為什麼笑的時候會有淚水呢，冰涼的一路沿著光潔的臉龐迤邐而下。

「司徒將軍已為娘娘想好了萬全之策。若是此次司徒大將軍能夠平定叛亂，立下赫赫戰功，皇上即使對娘娘心裡惱怒，也得不看僧面看佛面，不會對娘娘如何。何況娘娘身懷龍種，若是皇子，按照祖制就是將來的太子，皇上看在太子的分上，也會既往不咎的。」

提及我的孩子，我的手下意識地摸了摸已經微微隆起的小腹。

孩子啊，你還未出生，已經一而再、再而三地護佑著娘親，真是難為你了。

二哥替我想得十分周全，與父親的初衷也不謀而合。只要這次能夠平定戰亂，方能保全我們司徒家族。可是能夠領兵作戰的二哥現在奄奄一息，唯有我這個讓他保護了一輩子的妹妹，現在成了救他的關鍵。

「話不宜多，趕緊上路要緊。盡早趕到漠城，盡早做好交換人質的準備。司徒大將軍一定不能有事。」這番話不僅是說給傅浩明聽的，更是說給我自己聽的。

二哥，你要等著我！

「娘娘，為了確保萬無一失，皇上讓我帶領娘娘從蒙羅格山的半山道走。從這條道走，可以比平時走官道提早一天到達。而且大雪封路，任人也想不到我們會明知山有險，偏從險中求安。」

我略微思考了一下，這確實是一個迷惑敵人，保證我們可以平安抵達漠城的方法，於是輕輕點了下頭表示同意。

「好，娘娘，那我立刻通知門外的侍衛集合，準備上路——」孫參將見我同意便要往門外走。

「慢！孫大人，我這次只帶來了五匹識途老馬，所以蒙羅格山之行不能帶這麼多侍衛。」傅浩明打斷了孫參將的話頭。

「才這麼點人，怎麼保護娘娘的安全？不行，這絕對不行！」孫參將態度堅決。

「本來就是為了縮小目標，若是帶著大隊人馬浩浩蕩蕩前行，不是反而引人注目嗎？更何況素莊之約三日後就要履行，娘娘若不及時趕到，司徒將軍就性命堪虞啊！」傅浩明口氣強硬。

「不行，說什麼也不行！」孫參將一點都沒有退縮的意思。

「夠了！」我終於按捺不住。「你們眼裡還有沒有本宮這個主子？」

此話一出，孫參將第一個噤聲不語，傅浩明也脹紅了臉不再作聲。

「東易，就按傅參將說的辦吧。」這個時候我只能將賭注押在傅浩明對上官裴的忠心和上官裴想做一個保全祖宗基業的好皇帝的決心上。「東易，帶上李副將和薛姑娘。就五個人上路吧。只要能早日到達漠城，怎麼樣都可以。」我不能也不敢想像，在這大雪紛飛的天，走這樣的山路，對我這個身懷六甲的孕婦意味著什麼。

可是真的管不了那麼多了，現在，該是豁出身家性命，孤注一擲的時候了。

第三十四章 千山暮雪，只影為誰去

蒙羅格，在科爾沙語中是「銀蛇」的意思。以此命名的蒙羅格山，以陡峭險峻、山路崎嶇而聞名於世。因為長年被積雪覆蓋，極少有人可以翻越它，所以科爾沙人覺得此山就好像一條難以被世人征服的銀蛇，故取名蒙羅格。

天上的那一輪明月似乎都不願面對滿天的風雪，悄悄地躲到了烏雲背後不見了蹤影。伸手不見五指的夜路，掩沒馬蹄的積雪，外鄰懸崖峭壁，內側又有帶著荊棘的枝杈伸展到本來就不寬的山路，讓人每每想到馬正走在這樣的小道上，就失去了能夠繼續行進的勇氣。

五個身影緩慢地前行，只有在偶爾風小的時候，才可以隱約聽到馬蹄踏雪的聲音。山路極其曲折，往往一個折轉，已經看不見身前身後的人了。傅浩明走在隊伍的最前端，孫參將與李副將斷後，薛榛榛和我被夾在中間。不約而同的沈默，彷彿唯有沈默，才不會透露心中害怕的訊息。每個人的心照不宣，在這靜謐的夜，慢慢漫溢開去，甚至連呼吸都不敢大聲。我和薛榛榛都用厚密的面紗遮住臉龐，暗暗期冀也許這樣可以將恐懼擋在身外。

好幾次走到山路陡轉的地方，我似乎都感覺到身下的馬好像有蹄下打滑的跡象，每每都讓我嚇出一身冷汗來。雖然傅浩明反覆向我保證著，這幾匹馬都是從當地獵戶處徵用的、出了名的識途好馬，但是我的心仍好似時時懸在喉嚨口一般，隨時隨地都可以吐出來。想我一個從小在相府裡長大、嬌生慣養的千金小姐，哪裡經歷過這樣的險境？難以抑制的恐慌占據著我，就連當時刺客闖入我的寢宮都不曾讓我這樣長時間地感到絕望。

「娘娘，過了前面那段山路，到了大石口後，後面的路就沒那麼難走了。」傳浩明的聲音從前面飄了過來。雖然離開只有三個馬身不到的距離，可是由於風聲呼嘯，傳到耳裡的隻字片語彷彿像是從對面的山頭傳過來的一般。

藉著朦朧的一點星光，我抬頭朝他手指的地方望去，前面不遠處果然有一塊凸出的巨石橫在半山腰，將本來已經狹窄得只能容一人一馬通過的山路又平白地少了近三成的寬度。心裡只希望真的能夠如他所說的，繞過了這塊巨石，後面的路可以好走一些。

一個念頭還未轉彎，突然就感覺身子一輕，身下的馬好像踩在棉花上，飄飄的一點感覺都沒有了，連帶著自己都沈沈地往下墜。慌亂中，尖叫聲已經出口，但是這叫聲傳到自己耳裡的時候好像已隔了一個世紀一般。心空空地蕩在半空中，彷彿已經脫離了不斷下墜的身子，飄向了另一個世界。

再反應過來的時候，我的人已經懸在半空中，而抓住我右手手腕的竟然是兩隻同樣白皙纖弱的手。我抬頭向上看，才發現自己並沒有完全落下懸崖，而是半個身子蕩在外面。臉上的面紗不知什麼時候已經飄開，刺骨的寒風吹得我的肌膚生生發疼。薛榛榛慘白的臉突兀地出現在眼前，平時淒迷美豔的雙目現在竟然散發出精光，這一場景竟然讓幾乎身處絕境的我突然覺得有那麼一絲的好笑。我的馬已經不知去向，但是沒一會兒便從山下隱隱約約傳來一記悶響，這才讓我反應過來，馬已經墜到了懸崖下粉身碎骨了。

「娘娘，妳抓住我，抓住啊！別怕，我不會放開的！孫大人抓著我呢，我不會放手的。」沒有想到從來就沈默寡言的薛榛榛竟然可以爆發出如此響亮的聲音，我的腦子雖然麻木到不能反應出她究竟在說些什麼，但至少聽在我耳朵裡，我的心似乎又有些恢復了神智。

我微微側頭，藉著依稀的星光，看見孫參將一手抱住了山路邊的一棵樹，另一手將薛榛榛橫腰抱在懷裡。我剛想稍稍鬆口氣，卻突然發現薛榛榛的手正在向上移開。仔細一看，原來她兩隻手不偏不倚正握在我右手手腕上套著的那個玉鐲上。上好的藍田玉，溫潤滑膩，是我進宮前父親特意讓人覓來打了一副給我，說是玉能壓邪防身，想不到現在倒可能成為要我命的罪魁禍首了。

薛榛榛塗著淺紅蔻丹的指甲已經緊緊掐進了我的手腕，奇怪的是我倒一點都沒有覺得痛。他們的喊聲漸漸化為了虛無，我的意識裡只有一個念頭越來越清晰。那個鐲子正在我的手腕處做著最後的掙扎，而我的身子卻不受控制地向下滑去。

突然間，我的心一下子有了輕飄的感覺，沒有多少恐懼，反而不合時宜地有了解脫的輕鬆。也許我從這裡掉下去，世間所有的紛爭痛苦都將與我無關，本來要面對的前途未卜、恩怨情仇都將離我遠去，我將帶著我的孩子去向另一個所在。想到孩子，我的心緊緊抽了一下，旋即又放了開去。也許不來到這個世界，對這個孩子來說算是最好的結局吧。

我親眼看著那個藍田玉鐲終於掙脫了我的手腕，薛榛榛滿是淚痕的臉突然從我眼前消失，而我就如溺水者手中最後一根救命稻草被折斷了一般，在那短暫的毫無知覺後猛然向下墜去。就這樣結束了嗎？這就是我，司徒嘉的最後命運嗎？我認命地閉上了眼睛。

鋪天蓋地的下墜還不過眨眼的功夫，突然就感覺到一雙有力的手臂橫空抱住了我。我彷彿如一隻受了重傷的雀兒，在天空苦苦盤旋了多日後終於找到了一片可以落腳的淨土。剎那而來的安全讓我不敢睜開眼睛，生怕睜開後才發現一切都是幻覺，而我已在萬丈深淵。

「嘉兒！嘉兒——」

低沈近乎嘶啞的聲音在耳邊響起，熟悉得讓人感到不真實。我緩緩睜開眼睛，眼前是一雙暗潮起伏的深潭，琥珀色的漩渦彷彿要把人吸了進去一般。月亮不知道什麼時候探出了腦袋，照映在茫茫的積雪上，竟然讓周圍一下子亮騰了起來。

傅浩明的臉赫然出現在我的面前，我正被他打橫抱在身上。心生疑竇，我不是明明掉了下去嗎？怎麼又會被他抱了個滿懷？不確信地再次看他的臉龐，清俊的眼眉，挺直的鼻，緊緊抿著的唇有著好看的弧線。是的，是他，沒有錯了。那怎麼會？我朝周圍粗粗看了一眼，卻馬上就後悔起自己的妄動來。他只不過站在懸崖邊一塊微微凸出的亂石上。與其說是站，不如說是被吊著更確切一點。他的腰間束著一根銀色的軟繩，軟繩的另一端懸在上頭某處，從我這裡望去看不見確切所在。

傅浩明看見我盯著那根軟繩出神，在我耳邊輕輕說道：「不要怕，這軟繩是用高麗國進貢的捆金絲編製的，再吊上個十七、八個我們也不會斷的。那頭拴著一棵腰桿粗的樹，牢得很。」

這是自我進宮以來的第一次，我聽到他沒有叫我娘娘，卻對我說出了「我們」。一直以來，我都以為我真的忘記了觀音廟裡的那一晚，原來塵封的記憶只是躲在了一個自己編製的封印後，一旦揭去封印，記憶仍然鮮活得讓自己都覺得詫異。

恍惚出神間，我們已經慢慢向上升去，定是孫參將他們在拉軟繩的另一端，將我們緩緩扯上去。軟繩雖牢固，仍不免有些晃蕩，剛才下墜的恐慌感覺再次侵襲過來，我身不由己地將臉埋進了傅浩明的胸膛。那一刻我可以清楚地感覺到他的肩頭不自然地向後挺了下，隨即他的下顎輕輕地湊了過來，頂住了我的額頭。

風還是不見消停，將僅靠著根軟繩而懸在半空中的我們吹得左右搖擺。隨著每次擺動，我都無法克制地發出幾乎不可聞的輕呼，他將頭湊得又近了一點，聲音彷彿耳語般的呢喃。

「嘉兒，沒事的，別怕。」雖然輕，卻聽不出驚慌，一下子給人安心的感覺。

突然有酸澀的疼從心口淺淺泛出來。這個男子，那個陪著我度過失去阿姊後最痛苦一晚的男子，一直以為人生的際遇從此以後都將是他跪在朝堂上對著高高在上的我高呼娘娘，可是，剛才，真真切切的，卻又如夢境般，他，喚我嘉兒。

我只是將頭埋在他的胸膛，散亂開的髮絲遮住了雙頰，他定然看不出我有任何的表情變化。過了很久，頭頂上的聲音漸漸清晰起來，我已經可以分辨出孫參將渾厚的聲音指揮著，李副將帶著濃重的望西口音應承著，還有薛榛榛的驚呼聲，因為緊張幾乎尖細到讓人無法聽清楚是人還是受傷的幼獸。

心裡突然有了一絲哀涼，回到上面的我們，又將隔著君臣之間這條永遠無法跨越的鴻溝。他只能稱我娘娘，見了我只能下跪行禮。

我一個念頭還未轉完，耳垂上突然有了冰冷的感覺，冰冷隨即被潮潤代替，剎那間酥麻的感覺傳遍我的全身。傅浩明，就在我出神的那一刻，低頭吻了我的耳際。詫異間，我猛然抬頭看向他。他沒有迴避我的注視，反而坦然地回視著我。他的眼眸璀璨到好似所有的繁星都從天上掉了進去，我從他的眼眸中照出了自己的倒影，淺淺的，竟然有一絲笑容。

幾個人迅速找了個稍顯寬敞的地方，我被薛榛榛扶著在幾塊石頭圍成的避風處坐下休息，還沒有來得及喘一口氣，眼前又亂了套。

毫無徵兆的，孫參將上去給傅浩明當臉就是狠狠一拳。「你口口聲聲保證這些馬都是識途老馬，肯定萬無一失，你剛才差點害了娘娘！」

要不是李副將在後面拚命抱住，我看孫參將都有拔刀結果了傅浩明的衝動了。

傅浩明一聲不吭地向後退了幾步，離開了孫參將攻擊的範圍，這才在我斜對面靠著樹坐下，然後抬手抹去了嘴角邊的血漬。

「孫參將，不要以為這裡只有你一個人對娘娘忠心耿耿，希望娘娘平安無事。」說完最後一個字的時候，他斜斜瞥了我一眼，然後警戒地打量著周圍，不再言語。

「東易，剛才要不是傅參將出手搭救，本宮恐怕就遭遇不測了。何況如此險峻的山路，馬失前蹄的意外誰也不能保證不發生啊？」我既然開口發了話，孫參將自然不再多話，忿忿地瞪了傅浩明一眼，然後悶悶不樂地在我的身邊坐下。

「剛才的事不是意外，而是有人蓄意加害。」傅浩明又抬手抹了一下嘴角。剛才孫參將顯然出手很重，他的嘴角還是有血絲不斷滲出。

「蓄意加害？」我猛然抬頭看他，孫參將和李副將也同時站了起來。

「這是我剛才在娘娘的坐騎墜落懸崖之處的地上發現的。」傅浩明邊說邊攤開另一隻手。從我坐的地方看過去，他的手心裡什麼也沒有。我剛想發問，才突然看見手心裡有什麼東西迅速閃了一記寒光，復又看不見了。

「銀針?!」孫參將驚呼，快走幾步來到傅浩明面前，小心翼翼地從他的手心上拾起一根細如髮絲般的東西。

在月光的照映下，這次可以略微清楚地看清孫參將手裡拿的確實是一根小指般長短的銀針，粗細不過一根青絲。

「娘娘的馬估計就是中了這銀針才會失足墜下懸崖的。」傅浩明的聲音還是不急不慢。「孫參將，你以前隨司徒大元帥出征斡丹的時候應該見識過這些銀針吧？這些銀針正是斡丹皇室專用的暗器。我剛才就覺得周圍鬼影幢幢，有些異樣，但心想應該沒人知道我們一行人的行蹤，沒想到我們還是遭人暗算了。」他幽幽地嘆了口氣，眼光只是看向別處。

「你不是說這條路線只有你才知道，我們怎麼會遭人暗——」薛榛榛的話說到一半便打住了，她迅速回轉身，不安地看了我一眼，隨即木然坐下，不再言語。

我自然明白她突然噤聲的原因。這條路線當然不止傅浩明一個人知道，還有一個人也清楚今晚我們這一行人會從蒙羅格山取道前往漠城，那個人就是——

上官裴！

一切突然在我的腦海中豁然清晰起來了。上官裴怎麼會不知道丁夫人的死訊呢？即使我二哥在漠城的勢力再大，但是上官裴畢竟是皇上，上京發生了如此巨大的變故，他最心疼的丁夫人命喪黃泉，他一手扶植的丁家淪為階下囚，這樣的消息怎麼會沒有人千方百計彙報給他聽？我怎麼可能天真地就相信憑藉二哥的隻手遮天，就可以瞞天過海？想他對丁夫人如此恩愛情深，怎會輕易放我過門？

二哥手中的兵權對他來說永遠是心頭大忌，他又怎會放棄手上擁有的如此大好籌碼，放棄本來可以平定戰亂的契機來換取我二哥這個心腹大患的性命？

只要我不出現，那交換人質的事情自然就進行不成，我二哥的性命絕無回轉的餘地。手頭那位公主人質，自然可以替他爭取到科爾沙和彝北二族。若是阮文帝得知我死於同盟斡丹人之手，無心戀戰之餘，說不定還會遷怒於斡丹，那麼所謂叛軍同盟自然瓦解，這場戰爭可能未見硝煙已得勝利。而借用一向痛恨司徒族人的斡丹人之手來除掉我，既替丁夫人報了仇，又不會落人口實，任司徒家族如何追究，也不會怪罪到他頭上來。

除去了我和二哥，扳倒司徒家族只是個時間問題而已。

這樣有百利而無一害的主意，連我那一向自詡為聰明絕頂的大哥看了，恐怕都要讚不絕口。

可惜百密終究一疏，上官裴還是漏算了一步棋——傅浩明！

第三十五章 雁歸，人不歸

少了一匹馬，這前往漠城之路越發難走。時間緊迫，任何人徒步都會拖慢進程，二哥的性命危在旦夕，每一刻都是生死攸關。因此，兩人同騎一馬看來是現時唯一可行的方法。

我乃天子眷屬，自然不可以與其他任何陌生男人挨得那麼近，於他於我都是死罪。我與薛榛榛本來就騎術不精，共乘一騎一定險象環生。這樣看來，只能讓薛榛榛與三個男子中的一人將就一下了。

顯然大家都不約而同地想到了這點，幾個人同時抬頭看向薛榛榛。她一愣，也馬上明白了緣由。雖知道此乃當下唯一的辦法，但讓她一個未出閣的姑娘家與一個大男人前胸貼後背的共騎一匹馬，確實也有些為難了她。頓時，薛榛榛的臉如醉了酒一般紅暈滿頰，襯得她一雙眉目分外動人。

那薛榛榛該和誰同騎一馬呢？我環視了一下身邊三個男人。李副將身形魁梧，那匹馬被他獨自騎著已顯疲態，顯然不適合再有人上去增加重壓。而傅浩明與薛榛榛今天是頭次相會，形同陌路一般。看來只有讓薛榛榛與孫參將共騎一匹馬最為穩妥。薛榛榛與孫參將在此之前就已經相處了不少時日，尷尬應該會少一點。

我剛要開口，突然就聽見薛榛榛輕輕地吐出一句話——

「那就有勞傅參將了。」說完就一言不發地走到傅浩明的那匹馬旁邊，等著傅浩明將她扶上馬去。

大家顯然都沒有想到平日裡一向謹言慎行的薛榛榛會自己作出選擇，一時沒有反應過來，愣在那裡。

薛榛榛回頭看向傅浩明，又叫了一聲。「傅參將！」聲音裡竟隱隱透出一絲嬌嗔。

傅浩明如夢初醒一般胡亂應了一聲，走向她之前回頭瞟了我一眼。

我裝作若無其事地走到薛榛榛的馬旁，孫參將早已候在那裡，我一腳踩在孫參將的膝蓋上跨上馬去。等我坐穩了再朝前看時，傅浩明也已經上馬。從身後望去，傅浩明寬大的背影將身前的薛榛榛嬌小的身軀完全擋住了，只有風呼嘯而過時，薛榛榛的裙裾才會被吹散開來，讓人知道這匹馬上還有一個女子的存在。

山路上又恢復了平靜，雪停了，風也小了。明晃晃的月亮像個大銀盤似地掛在天上，漫山遍野地傾瀉著銀光。天地間一片靜謐，只有馬匹錯落有致的踏雪聲在空曠的山間迴響。

向前看去，傅浩明彷彿與薛榛榛在交談著什麼，他人微微前傾，頭略微低下，好像在聆聽著懷中人的軟語。傅浩明的那匹馬走得很快，將跟隨在後的我拋開六、七丈的距離。我極力想讓馬緊緊跟上，可由於騎術不精，想使力卻徒勞無用。不知為什麼，這一段路走來，我倒完全忘了山路積雪、馬蹄打滑的事了，一門心思都在想著要不要和前面領路的那匹馬拉開距離。

一個不防，前面的馬突然停了下來。

傅浩明喝住了馬，側身回頭注視著身後的我。「娘娘，大約再走一個多時辰就可以到漠城了。」

我不備他突然轉身，眼光和他碰了個正著。不能控制地，我對他綻露了一個笑容，剛想點頭說好，突然看見他身前的薛榛榛不知何時已經睡著了，整個人完全仰靠在傅浩明懷裡，而傅浩明也將她裹在自己的黑色披風裡，只露了個臉在外面。

我對上了傅浩明的眼睛，笑容已不復存在，只是淡淡的一句。「那就快馬加鞭，盡快到達漠城才好。」說完這句話，我便看向別處，不再答話，心裡卻暗暗責備起自己來。

都到什麼時候了，怎麼還有閒情逸致去想一些風花雪月的事？現在可不是你儂我儂、郎情妾意的時候，我即將要面對的是凶狠的阮文帝和或許更為凶狠的上官裴。而我二哥此時命懸一線，正等著我出現去營救。

突然一個念頭轉過我的腦海——如果我可以讓薛榛榛牽絆住傅浩明的心思，那……說不定我可以將他拉入我的陣營，增加我與上官裴對峙時的籌碼。憑著剛才上官裴要置我於死地的狠毒招數，我與他當堂決裂應該也是遲早的事情。

如果能夠將上官裴最信任的表哥拉到我這邊，也或許即使不能讓他做到完全背叛上官裴，至少可以讓他心裡的天平稍許偏向我這裡。也許這一絲一毫的偏差，會在關鍵的時候發揮作用。這樣一想，我不禁又多瞄了前面馬上的兩人幾眼，心裡一下子就有了別的打算。

這一路剩下的旅程，四匹馬、五個人，雖默默不語，但也許都各懷心事。

而漠城，就在眼前。

趕了整整一晚的路，到達漠城的時候，天色已灰濛濛的有了一點魚肚泛白的亮色。從蒙羅格山上望下去，整個漠城籠罩在一片寧靜的晨霧當中。偶爾看見星星點點的幾處燈光，可是在氤氳的煙霧中像捉迷藏似地時隱時現，看不真切。

我微微嘆了口氣，沒有想到這個與血腥戰爭僅一步之遙的邊鎮要塞，竟然在大戰當前的這個清晨透露出我不曾熟悉卻如此嚮往的寧靜致遠。彷彿一幅美麗的畫卷，讓我等世俗之人不忍心踏足其中，生怕破壞了此刻的雋永。我不忍想到卻又不能不想到，一旦我軍戰敗，這個美麗的小鎮將會遭受怎樣的生靈塗炭。

我方大軍駐紮在城西清陵關，從蒙羅格山繞道而下，不過一盞茶的工夫就到了大營門口。雖然天色微亮，可大營裡已經有了不小動靜。還未走近，就已經聽到整齊劃一的出操聲。遠遠望去，兩色旗幟壁壘分明地在大營的東西兩側飄揚。

東邊的營房前一律插著明黃色的旗幟，碩大的旗幟上繡著「上官」兩個顯眼的大字，這自然是上官裴從上京帶來的人馬。

在西邊的營房前迎風飄揚的卻是清一色大紅的旗幟，大大的「司徒」二字映入眼簾，讓我油然地產生了一種強烈的歸屬感。西邊的軍營裡駐紮的就是我二哥統領的邊防駐軍，這支號稱百萬雄師的部隊才是我們司徒家族安身立命的根本。那一剎那的自豪感，瞬間洗滌乾淨一路顛簸的疲憊，頓時使我有了回家的感覺。

張德全得到我到來的密報後，早已在大營門口候著，看見我一副畢恭畢敬的模樣。「娘娘，您的帳篷已經被安排在皇上居住的東營裡了，小的這就帶娘娘過去。不過……此處無人知曉娘娘到來，所以無法按宮中禮儀接待，還望娘娘諒解。」聽到這樣的安排，我微微一愣後旋即表示理解。上官裴必不願意外人知道我的到來，堂堂當朝皇后竟然被皇上派去與明目張膽垂涎皇后美色的北朝皇帝做交易，若是傳了出去，那上官皇朝的國威顏面要往哪裡放？

一行人被張德全引著走進東邊的大營。一路上不斷有士兵在看見了我的姿容後發愣出神，交頭接耳聲不斷。我心裡暗暗後悔，早知道我的容貌會在這裡引起如此大的反應，就應該問薛榛榛討來面紗遮擋，也不至於現在被這麼多陌生男子注視，讓我覺得分外難熬。

進了帳篷，稍微換洗了一下後，張德全就進來傳話。

「皇上宣娘娘前往主帥帳內覲見！」張德全做了個請的手勢，然後在前引路。

我對著薛榛榛高舉的銅鏡抬手抿了抿兩鬢的散髮，整了整裙裾，方才隨著張德全向帳篷外走去。放眼望去，隱約可見一座氣派無比的大帳篷坐落在東營正中，那裡應該便是上官裴這些時日在漠城的居所了。

「哎，孫參將，請留步！皇上只宣了娘娘一人前去。」張德全回頭看見孫參將一步不離地緊跟著我也要往主帥帳中去，不禁停下來喝住了他。

孫參將完全不看向張德全，只是看著我，眼裡盡是關切和焦急。

「你在這裡候著吧。」我低聲吩咐道，復又轉身向外行去。

「娘娘！」背後的孫參將情急之下叫住了我。

我轉身看向他，他一臉的緊張，一副欲言又止的模樣。我當然明白他的用意，自從蒙羅格山我們遭襲，我險些墜下懸崖送命後，他已經認定了是上官裴要加害於我。好不容易才死裡逃生，怎麼肯讓我現在獨自去見上官裴？對於他來說，這無異於送我入虎口。

「孫參將，皇上既然只宣了娘娘覲見，你就在這裡候著吧，我跟著娘娘過去就可以了。若是一個時辰內不見娘娘回來，你再去尋也不遲。」薛榛榛突然發話。

這樣的話中有話，讓我不禁朝她多看了兩眼，然後讚許地點了點頭。薛榛榛仍舊面無表情，絲毫也看不出我的讚許對她的情緒有任何影響。

「就照薛姑娘說的吧，一個時辰內不見本宮，東易再帶人來尋也不遲。」我好聲勸慰道，然後輕輕地拍了拍自己的左肩，示意孫參將放心。他反應過來，我此時在外裙內正穿著父親在出發前給我準備的金絲甲——傳說中薄如蟬翼卻刀劍不入的金絲甲。想到父親，我不禁在心頭有了淡淡一點安慰，他老人家總有不為人知的本事在危急關頭做出出人意表的舉動來。希望一向被他引以為豪的我，也不要讓他和司徒家失望。

主帥帳篷裡並沒有點上燈，雖然天色已經清朗起來，可是帳篷內仍是一片幽暗。我走進的那一刻，由於眼睛不適應突如其來的昏暗，人一下子失去了方向感，根本分不清上官裴人在何處。

隱約看去，前方有一張長桌，彷彿有一個人端坐在那裡。

我跪拜下去。「臣妾叩見皇上，皇上萬歲。」長時間騎馬，我的膝蓋和腰都麻木得有些疼痛，匆忙之間跪拜下去，一陣刺痛瞬間傳遍全身，像有千萬根針在扎一般。我匍匐在地，咬緊嘴唇，雖疼痛卻不敢發出半點呻吟的聲音來。

「皇后起來吧。」沒想到聲音是從我右後方傳來，我嚇了一跳，慌亂間也不顧謝恩，迅速起身，轉身面向說話之人。

右側是一張長榻，榻上斜斜躺著一個人。眼睛適應了帳篷內的黑暗後，這次我才看得真切，榻上之人正是上官裴。我忍不住又轉頭看向長桌後端坐之人，才驚覺原來是一個人偶，擺出了以手撐頭的沈思狀，不細看還一時真分不清真偽。

「很能迷惑敵人吧？」上官裴慵懶的聲音從背後傳來。「朕在自己的大營裡也不得不小心啊，誰讓這裡的將士只認識皇后的二哥，不認識朕這個皇帝。」話音剛落，他自己竟然呵呵地先笑了起來。

「皇上，臣妾……」我再次跪下，這樣一句被他如玩笑般說出的話，聽在我耳裡萬分刺耳，早已驚出一身冷汗來。功高震主，為臣大忌。上官裴雖是玩笑口吻，可我知道這正是他心裡所想。

他突然從榻上一躍而起，大步走到我面前，一把將我扶起。

「皇后請起，朕只是說笑而已，皇后又何必當真？誰不知道皇后家族一直是忠臣之後，國之棟樑，絕對不會做出僭越君臣之禮的事來。」

話說完，他並未鬆手，反而輕輕一攬，將我攬入懷裡。

「多日不見，皇后一切可好？朕甚是惦記。」

他溫柔的聲音在我頭上徘徊，我被他摟在懷裡，卻無心留戀這一刻的纏綿。身上的每根神經都緊繃著，不知道下一刻他是要和我溫存一番呢，還是要捅我一刀以報殺妻之仇。

幸好這樣的親密不過只是短暫的一瞬，他復又將我推開了一點，上下打量了我起來。最終目光停留在我已經顯現的小腹上，神情異樣，說不清是喜歡還是厭惡。

「皇上明鑑。」我抬頭看向他，生硬地擠出一絲笑容來。

這是我自上次在丁夫人的產房外攔住了為了丁夫人難產而焦躁狂暴的上官裴後第一次見他。多日不見，出征在外的他不復當日在皇宮中的唇紅齒白，人也比我記憶中的模樣清瘦了不少，兩頰微微有了凹陷，青青的鬍渣布滿了下巴。他沒有穿著天子專用的明黃色，只是一身玄色衣衫，更襯出略顯消瘦的輪廓和掩飾不住的憔悴。

他的目光只是停留在我的小腹上，怔怔地彷彿沒有聽見我剛才的話。

「皇上？」我輕輕地又喚了他一聲。

看著他莫名間便有了一絲哽咽，想說什麼卻一個字也說不出。

他緩過神來，猛地抬頭看向我，布滿血絲的雙眼彷彿饑餓的野獸，讓人看了心驚。四目相對，他漆黑的雙眸泛著精光，倒映出我的臉，沒有驚訝，唯有冷漠，還有不合時宜的倔強。他摟住我雙肩的手突然間加大了力氣，修長的手指陷進了我的衣服裡，攥得我兩臂有被壓碎的痛楚。

我杏目圓睜，卻咬著牙關不肯屈服地喊出聲音。

這樣熾烈的注視，因為我心中的恐懼而使我備受煎熬，兩人彷彿都隨時準備著將對方融化為灰燼方才可以罷手一般。許是一瞬，許是良久，他的手微微有些顫抖，終於狠狠將我推開，人跌跌撞撞地退回了榻邊，騰的一聲重重坐下。我不防，向後退了好幾步，手扶著身後的書桌方才站穩。

「皇后這一路可還順利？」他不再看我，人向後靠在榻墊上，自顧自地閉起了眼睛，聲音平淡得好似剛才那場無聲的驚濤駭浪只是我的錯覺。

「託皇上萬福，一切安好。」一字一字慢慢從我口中吐出，我的目光仍是定格在他的面龐。

「多虧傅參將細心照顧，好幾次使臣妾轉危為安。」我故意提到傅浩明，想要看看上官裴知道了他最親近的表兄壞了他精心安排的好事後有什麼樣的反應。

「皇后快有五個多月的身孕了吧？」

眼前的人彷彿是自言自語，輕輕的呢喃幾乎就被帳篷外的操練聲給掩蓋了。

他睜開眼睛又瞄了我一眼。「這腹中的孩子……」他沒有繼續說下去，眼睛重新又閉上了。

帳篷外，日陽已經昇起，看樣子今天應該是明媚的一天。燦爛的陽光慢慢地爬進了帳篷，使帳篷內也亮騰起來。

可是，此刻被令人窒息的寂靜占據著，我獨自站在上官裴面前，突然覺得現在比剛才黑暗中的不知所措更讓我感到害怕。

第三十六章　千呼萬喚始出來

退出了上官裴的主帥帳篷，我只覺得陣陣暈眩。不知是不是一路顛簸，長途勞頓，還是剛才與上官裴暗潮洶湧的對峙，讓我身心俱感疲憊。邊塞的陽光尤其強烈，乍一出來，刺日得很，我閉著眼睛在原地站了好一會兒，方才感覺舒服了點。

薛榛榛趕緊上來扶住我，替我戴上了遮陽的面紗。

張德全也一直在帳篷外候著，看見我出來了，趕緊躬身迎上來，壓低了聲音小聲地說：「娘娘，小的已經讓廚房裡準備了一些點心小食送到您的帳篷去了。小的這就護送您回去休息。」

「這個可以暫緩一下，本宮想先去看望一下司徒大將軍，有勞張公公領路。」怎樣的身體不適，我都可以暫且忍一忍。現在我的一顆心全部繫在身受重傷的二哥身上，任是山珍海味放在我的面前都勾不起我的食慾。

「這個……恐怕……」張德全有些吞吞吐吐。

我看到他面露難色，自然生出疑問。「張公公，有什麼話，請儘管說。」

他引我往旁邊僻靜處走了幾步，看了看周圍沒有什麼人，方才開口道：「娘娘有所不知，自從司徒大將軍為了救皇上而受了重傷，西營的幾位將軍私下裡都覺得司徒大將軍受了皇上拖累，更有甚者甚至覺得司徒大將軍是遭了陷害。大家都知道叛軍聯盟科爾沙國的卡娜兒加公主被生擒了，本可以用來和叛軍交換解藥，但大家有所不知的是北朝阮文帝要娘娘親自前往素莊去換取解藥。

「換藥之事遲遲沒有進行，所以現在西營那邊的人都覺得是皇上故意在拖延時間，沒有盡心在救司徒大將軍，還自顧著貪圖美色，招了後宮美女前來相伴，因此怨氣很大。西營那邊對司徒大將軍帳篷內外的警戒管得很嚴，凡是東營的人，一律不得進入司徒大將軍的帳篷。像奴才作為皇上身邊的人，現在要是進了西營，肯定是會被盤查的。所以……還是請娘娘讓別人帶路吧。」

二哥身邊的幾位親近將領都是這十年來跟著他征戰無數，流過血、受過傷的鐵哥兒們。這些人曾經和二哥在戰事最嚴酷的時候出生入死，在最嚴寒的冬天合蓋一條毯子，在最酷熱的三伏合用一個水壺。

這些人都是從平南出來的，有一些是司徒家的遠親，另一些則來自歷代為司徒家族效力的家族。這些將領無論是從私人情誼還是身家利益各方面來說，都與司徒家族更為親密。這些行軍打仗的人長期遠離京城，過著刀口舔血的生活，對於皇權的威嚴早已印象模糊，反而更信賴誠服於在生死關口結下的情義。

難怪上官裴剛才要不無感嘆地說這裡的人只認識司徒大將軍，不知道還有他這個皇帝。

「那就煩請張公公替本宮找個領路的人來。」我客氣地說道。在軍營裡，皇權的地位無形中被削弱了很多，看來眼前這位在宮中位高權重的張公公，這些天也受了不少白眼和冷遇。

「這……娘娘開口，小的一定盡力。」

我隨著他向西營的方向走了幾步，就看見一個中年長者正匆匆向西營的方向走去。

「章先生，請慢步！」張德全急急趕上去，衝著這位中年長者抱拳一拜。

這個青衫素衣的中年人緩緩轉過身來，看見是張德全，眼裡瀰漫出一絲不屑。不過這不屑隨即就消失不見了，人還是很客氣地回禮道：「張公公，有何賜教？」

「這位宮裡來的娘娘，想去探望一下司徒大將軍，還望章先生可以領個路。」

我自從進宮來，很少看見張德全這麼一副卑躬的樣子，皇上身邊的貼身內侍官至五品，怎麼說也不用對面前這位看似一介布衣的男子這麼卑躬屈膝，我心裡不禁揣測起面前男子的身分來。

這位章先生側眼瞟了一眼我和身旁的薛榛榛，然後迅速地就將目光移了開。「喔，皇上有心了。只是司徒大將軍現在還昏迷不醒，見了恐怕也是白見。倒是有請張公公經常在皇上身邊提個醒，別忘了換解藥的事才是正理。」章先生雖然語氣平緩，但是言辭之間卻仍然十分不留情面。

此刻我卻無暇追究這人究竟什麼身分，二哥昏迷不醒這句話重重地砸在我心上，頓時壓得我呼吸急促起來。

「章先生，」我上前一步。「能不能借一步說話？」我回轉身對張德全說：「你退下吧。」張德全略微猶豫地看了我一眼，便匆匆走開了。

「章先生，本宮雖然是宮裡的娘娘，但是和司徒大將軍關係親近，非比尋常。還望章先生可以領路通傳，讓本宮見上大將軍一面。」剛才章先生一開口，我就聽出了他明顯的平南口音，此刻的我也刻意操了一口比平時略微濃重的平南口音跟他通融。

他顯然沒有料到我這位宮裡來的娘娘竟然也是平南人士，轉過臉來仔細地打量起我來。黑色的面紗擋住了我的容顏，任他怎麼看也看不出個所以然來。

小片刻後，他突然有點恍然大悟的樣子。「娘娘難道是……」他沒有繼續說下去，只是警惕地看了看周圍，然後走近一步繼續道：「在下章克凡，以前是老司徒元帥的弟子，現在是司徒大將軍的軍師。」他朝我拜了一拜，徑直做了個請的姿勢，便一語不發地在前面帶路向西營走去。

我和薛榛榛默默地跟在他身後，不過一盞茶的工夫，我們就停在了一個帳篷前面。這個帳篷和一路上我們看到的西營裡其他帳篷並沒有什麼太大的區別，唯一的不同就是這個帳篷周圍的警戒看上去好像嚴了很多，有不少士兵在周圍嚴陣以待。若這裡就是我二哥平日裡居住的帳篷，那可與上官裴那個氣派豪華的帳篷真的有天壤之別啊！

帳篷入口處，一個滿臉落腮鬍的校尉正帶著一小隊士兵巡邏，看見我們一行走過去，停了下來搭話。「老章啊，怎麼去了那麼久？東邊那裡交換解藥的事情有消息了嗎？」說話的人突然注意到了章先生身後的我們，不禁警覺起來。「老章，這兩娘兒們是怎麼回事？」

還是一口標準的平南口音。雖然是冒犯的粗話，但是熟悉的鄉音仍然讓我覺得親切。

「是宮裡來的娘娘，特意來探望大將軍。」章先生一臉的平和。

「宮裡的娘娘？哪門子的娘娘？跟咱們有什麼相干？我們這兒拚死拚活地打仗，皇帝老兒倒把後宮的美人兒都叫到這軍營裡來了，還假惺惺地來探望大將軍？沒解藥，探望個屁啊！」這個落腮鬍的男子也不管剛才自己說出來的話大不敬，氣呼呼地在帳篷門口伸手一攔。「佟副將說了，那邊的人——」他朝東營的方向努了努嘴。「沒有正兒八經的聖旨，一律不准放進去！」然後就大剌剌地杵在原地，做出了阻攔的架勢。

突然，我身後的薛榛榛輕呼了一聲——

「哥哥?!」然後就幾步跨上前，怔怔地停在了這個落腮鬍男子的面前。

我看見薛榛榛撩起了自己的面紗，又對著眼前的男子輕輕地叫了一聲——

「哥！」她的眼角已然泛起了淚光，本來白皙的肌膚更顯蒼白。

那個落腮鬍男子顯然也受到了震動，眼睛直愣愣地盯著薛榛榛。

「哥，是我呀，榛榛！」薛榛榛不顧男女有別，激動地扶住了落腮鬍男的雙臂，聲音也顫抖得帶著哭腔。

「榛榛？榛榛！怎麼會是妳？」落腮鬍男終於反應過來，抬手也緊緊摟著薛榛榛的臂膀。

章先生顯然對眼前的這一突變也有點丈二金剛摸不著頭腦，看看眼前兄妹相認、又哭又笑的兩人，詫異地回過頭來看看我。

「章先生，如果本宮猜得不錯，眼前這位校尉應該也姓薛吧？」

章先生輕輕地點了點頭。

「那就對了。本宮的貼身侍女正是這位薛校尉的妹妹。兩人算來應該已經有七、八年未曾見面了，不想今天會在這裡重逢。」我看著眼前抱頭痛哭的這對兄妹，心裡不禁有些酸酸的感覺。

帳篷內，我那正昏迷不醒的二哥，你的小妹也來看你了。

二哥在我還是孩子的時候就披上戰袍帶軍出征了，而今天這種形式的重逢相聚是我當時想破腦子也不會想到的。

「我聽了上京來的消息，說自從娘出了事以後，妳就被皇后娘娘叫到宮裡去服侍了，怎麼現在跑到這裡來了？」話音剛落，薛校尉突然就騰的一下脹紅了臉，猛地轉頭看向我，憋了半天，才嘟嘟囔囔地吐出一句。「小的不知娘娘駕臨，罪該萬死！」說完就跪在地上行了大禮。

我趕緊示意他起身。「薛校尉不必多禮。當下最要緊的是讓本宮進去看望一下司徒大將軍。」

薛榛榛一邊扶著她哥哥起身，一邊轉過身來對我說：「娘娘，家兄薛振宇，見過娘娘。」稍許寒暄過後，薛振宇吩咐了身邊的人好生照應著，便將我們三個帶到一邊，壓低了嗓音道：「今天司徒大將軍在二號帳篷內休養，小的這就帶娘娘過去。」說完左右張望了一番後，才神神秘秘地將我們帶向西營深處。

「娘娘，為了安全起見，大將軍每隔一天都會被換到不同的帳篷休息。知道大將軍身處何地的，只有我們幾個大將軍身邊最可靠的人。現在這種形勢，我們也只有小心提防了。」章先生邊走邊給我們解釋。

沒走多久，我們一行人就停在了一個不起眼的帳篷前。

守帳篷的這個人我認識，叫羅亮，以前在我們家做護院的武師教頭。後來有一次他全家居住的那個村子在斡丹人的突襲中，不幸都做了刀下冤魂。他哭著喊著求我父親讓他跟著我二哥上前線打仗，殺斡丹人報仇雪恨，這一走就是八年。當年我還是梳著兩個羊角辮的娃娃，喜歡跟在我二哥身後看著羅教頭教二哥習武。

「羅大哥，將軍今天的情形怎麼樣了？」薛振宇的關切之情溢於言表。

羅亮皺著眉頭搖了搖頭。「換解藥的事情怎麼樣了？東邊那裡有消息沒？」話音剛落，羅亮就看見了薛振宇身後的我們，馬上警惕起來。「她們是什麼人？」

「羅大哥，這位娘娘是司徒大將軍的至親，想要探訪一下大將軍。」章先生一如既往的語調平和。

「至親？什麼至親？佟副將吩咐了，要嘛是他親自帶過來的人，要嘛有聖旨。其他的人一律不得入內。」羅亮一邊說，一邊手已摸到了隨身的佩刀上。

「毛人哥哥不記得本宮，本宮卻還記得毛人哥哥。」我輕幽幽地在面紗後吐出這麼一句話來。

那年的夏天特別的炎熱，羅教頭和二哥脫去了上衣在後院裡過招，我嘴裡含著冰鎮的糖桂花從迴廊那頭走來，看見羅教頭的前胸都是長長的毛，口齒不清地叫了他一聲「毛人哥哥」，他和二哥聽了都哈哈大笑，那個稱呼也就這樣被我一直延用了下來，直到他隨著二哥離開上京到了漠城。

羅教頭只是一怔，然後突然猛地一下撥開擋在我身前的薛振宇，大步跨到我面前，聚精會神地盯著我看了老半天。

雖然看不真切，但是我想他還是猜出了我是誰。

「二小姐？」微微有些顫抖，他又向前邁了一小步。「是二小姐嗎？」

「當年的二小姐已經不在了，現在只是娘娘，宮裡的皇后娘娘。」說出這一句話的時候，我的心是涼的，有眼淚想流出，眼眶卻是乾的。

我心裡希望這過去的一年多純粹只是一個夢，惡夢。當惡夢醒來，我仍是那個含著冰鎮糖桂花的小丫頭，路過迴廊時含笑叫著他「毛人哥哥」。可是此刻心裡卻比任何時候都清楚，這不過是我癡人說夢而已。過去的一切都不會重新再來，消逝的年華也好，平靜的生活也好，都已離我遠去，不再復返。

進得帳篷，裡面一片昏暗，雖然生著爐火，可還是讓初進來的人眼前一暗。乍一眼看去，隱約只看見床榻上躺著一個人，旁邊還坐著一個老者。我上前幾步想看個明白，才一眼便愣在那裡不能動彈。二哥緊閉著雙眼躺在床榻上，面無血色，唇色灰暗，滿面的鬍渣，掩飾不住的憔悴，人也比我印象中的樣子瘦了一大圈，面頰都有了凹陷下去的陰影。我不敢相信眼前這個形容枯槁的人，竟然是我那號令千軍萬馬、少年英雄的二哥！

那一刻，千萬種情緒在心裡百轉交結，淚水在眼眶裡不停打轉。我側身抹了抹眼淚，不想讓旁人看見我這一刻的絕望。

「馬老先生，將軍今天的情形可好？」章先生小心翼翼地問道，生怕驚動了床榻上的人。馬老先生？我詫異，莫非此人就是名動天下的神醫馬風清？他不是歸隱山林多年，音訊全無許久了嗎？

坐在床榻邊的老者已經起身，將我們這一行人引到一邊。「章先生，大將軍的情形很不好。絕大多數的時候將軍他昏迷不醒，就是偶爾醒過來，也是神智不清說著胡話。若再不想辦法弄到解藥，不要說老夫，就算華佗再世，恐怕也回天乏術了。」老者無奈地搖了搖頭，又擔心地回頭看了看床榻上的二哥，便踱步到一邊不再說話。

帳篷內陷入了沈默，大家都面面相覷，不知說什麼好。

「馬老先生，解藥的事情一定有辦法。現在只要您老一句話，照著現在的情形，您老有沒有辦法再讓大將軍熬過這兩天？就兩天！」我抬手撩起了黑色的面紗，走到馬大夫面前，語氣不再是高高在上的皇后，全心全意甚至卑微地，我在懇求著他。

馬老先生驚詫地看著我，有一些迷惑，似乎又明白了些什麼，仍然沒有說話，只是點了點頭。

我俯身道謝，全身拜下。

我從來沒有如此卑微地求過任何人，這一刻的全身而拜，不僅是面對這個號稱華佗再世的神醫，還有普天之下所有的神明。現在的我，只是一個被逼到絕境的妹妹，在這裡誠心禱告，請給我一個機會，讓我救自己的兄長。

其他人都走到帳篷外候著，讓我與二哥有一點單獨相處的時間。我緩緩走到二哥床榻邊坐下，輕輕用雙手握住了二哥微微露在被褥外的左手，仔細端詳著他的臉，眼淚終於如斷了線的珠子般滑落。抬手抹去了淚水，我的心裡有個聲音倔強地在說——

司徒嘉，無論什麼代價，只要可以救二哥，一定在所不惜！

握在掌心裡的手，就在那一刻突然微微一抖。我吃驚地盯著那隻手看，目不轉睛，生怕一眨眼的工夫，就錯過了些什麼。剛才，難道是二哥的手……在動？許久，二哥的手都沒有動靜，幾乎讓我都要以為，剛才的那一下不過是因為我自己心裡極度渴望而臆想出來的虛幻。

就在我出神的當口，床榻上的人突然就發出了聲音，許是喉嚨裡噎著痰，說話間還發出呼嚕呼嚕的聲音。那句話那麼輕、那麼模糊，要不是我就坐在他的身旁，要不是他是我最親密的二哥，我簡直就要懷疑這句話是不是也是我自己在腦海中杜撰出來的。

可是我還是聽見了，聽得真真切切。

那句話是——

「小心上官裴！」

我的心愈來愈向下沈，握住二哥的手也滲出冷汗來。

這一刻，我心裡只有一個念頭，無論什麼代價，一定在所不惜！

第三十七章　喚取紅巾翠袖，搵英雄淚

這日，我腦中反反覆覆盤旋著的，就是二哥似醒非醒時呢喃出口的那句「小心上官裴」。讓我猶疑不決的是，究竟是二哥讓我提防上官裴這個人，還是這句話其實是二哥在為上官裴擋住那飛來一箭、受傷前意識清醒時最後的那個念頭？

說完那句話後，二哥便又昏迷不醒，而我無從得知究竟是怎樣一個緣由讓二哥在傷重不醒時還念念不忘這句話。

快到晚上掌燈時分，上官裴讓張德全前來傳話，說與阮文帝已經約好時間，明天正午在素莊，由我帶著卡娜兒加公主前去與阮文帝交換解藥。上官裴會讓京畿營的一隊精銳士兵跟隨我前往，以保護我的安全。

出乎我的意料，上官裴既沒有傳我前去他的營帳進餐，也沒有宣我侍駕。倒並不是我還惦念著他的寵幸，只是他絲毫不提丁夫人的事情，卻同時又表現得異常冷漠，讓我著實有些摸不著方向。但是現在我也無暇顧及他究竟對我有哪些打算，當務之急是保證明天的交換順利進行。

二哥的副將佟書斐昨日前往素莊打探情況，在黃昏時分才回到軍營。一得知我來到了漠城，便也匆匆趕來覲見。

我從小就認得他，他的父親原是北方六都節度使佟自南，與我父親既是同鄉又是同窗，兩人相交數十載，十分要好。佟書斐幼年喪母，父親又因為政務繁忙，被遠派邊關，所以他從小就一直寄住在我家，與我二哥同進同出，一起出入學堂，一起拜師習武，感情篤深，不亞於至親手足。

四年前北朝叛亂，佟書斐的父親在遼州城率軍民抵抗。眼見兩方兵力懸殊，遼州城被破只是時間問題，為了不讓北朝破城後大舉屠城，佟自南甘願自刎一死以平北朝怒氣，遼州城也因此逃過一劫。

後來我二哥率兵生擒當日攻打遼州城的北朝將領哥而泰，抓回上京在佟大人的墓前親自以仇人之血祭奠亡者。自此以後，佟書斐更是將我二哥看作神明一般敬仰崇拜，投筆從戎跟隨在二哥左右。

「什麼？要妳去素莊親自交換解藥？這等危險的事情，怎麼能夠讓妳這個女流之輩去做？我堅決反對！」佟書斐一聽此事，頭搖得像博浪鼓一樣。

他自幼就認識我，把我當作自己妹子一樣看待，不管我現在是不是做了皇后娘娘，身分有什麼不同，他對我倒還是如從前一樣，說話連個彎都不拐。

「書斐哥。」我還是像從前在家時一樣叫他。他既然不把我當外人看，我自然也願意他這樣。出了皇宮，離了京城，皇后這個身分帶給我的束縛無形中少了許多。很多時候我都可以不去想，有些事是不是一個皇后應該去做、可以去做的，好比不叫自己「本宮」，而是一個普通尋常的「我」，就足以讓我滿心歡喜了。

「既然阮文帝執意要我前去，如果我不去，二哥就沒得救。我能眼睜睜看著二哥這樣昏迷不醒而無動於衷嗎？不管怎麼樣，我都要去，再危險，也要試一試。」我態度堅決，不容他絲毫的反駁。

「妳現在這個樣子……」他瞥了一眼我的肚子。「萬一有點什麼閃失，妳讓我怎麼向伯父和妳二哥交代？」他是個直腸子的人，我看他臉憋得通紅，就知道他已經在心裡拿我沒了轍。「何況就算阮文帝不搞什麼花樣，妳也保不準別人沒有什麼企圖。」佟書斐說出這句意味深長的話來。

我當然明白他的話中有話，整個事件從發生到現在有太多的巧合，總是覺得有人故意在安排著一切似的，讓人不禁心生疑竇。何況這次來漠城的途中，又發生了我遭襲的事，各種矛頭都直指上官裴，讓我對他不得不防。可是在這個關頭，即使明知山有虎，我也只有偏向虎山行了。「孫參將會帶著我們自己的人暗中保護我，我自己屆時也會做好萬全準備。書斐哥，你就不要過分擔心了，在這裡等我的好消息吧。」我試圖寬慰他，他知道我性格倔強，現在主意已定，任憑他如何勸說，也無濟於事，只能深深地大嘆一口氣，不再言語。

正午，素莊，千林會館。

等我們一行車馬到達千林會館的時候，遠遠地已看見北朝的旌旗在風中飄揚，格外顯眼。按照事先約定，雙方所有的侍衛都被擋在門外不許入內。據人通報，大廳內只有阮文帝和卡娜兒加的父親科爾沙國王宋密枷。

對著孫參將交代了幾句後，我和侍女僅兩個人走進了大廳。

大廳周圍的簾幕都被拉下，雖是正午，房間內卻仍然需要借助燭光方才能看清屋內的情況。這千林會館本是前朝書畫名家侯千林的住所，在他踏鶴先去後因為身後沒有留下子嗣，他的遺孀就將此處住所改成了現在的會館，免費招待準備遠離故土去往他國求學經商的人。雖已經成了類似於客棧的場所，但是從房屋的建築擺設，仍然處處可以看見當年名士大家的風雅倜儻。

大廳內一張長桌，兩側分別只擺了一排椅子。在長桌的一側，一個滿臉鬍鬚的老者正對著一個眉目俊逸的年輕人討好地說著什麼。看見我們走進，兩人一下子都噤聲不語，只是專注地看著我們。

這是我第一次見到傳說中的阮文帝，這個愛我阿姊愛得幾乎發瘋了的男子。為了一近芳容，竟然不惜讓整個國家陷入一場以卵擊石的戰爭中，看來這個人不是情種便是個瘋子，抑或是個發了瘋的大情種。想到阿姊，我不禁苦澀地一笑。她這樣的女子，天下又會有哪個男子不為之傾倒而癲狂呢？

若算年齡，阮文帝應該比上官裴長幾歲，可是光從面貌上看，他反而顯得更加年輕一些。他的面龐十分的白皙清秀，一點都沒有北朝人特有的粗獷，尤其是一雙眼睛，黑漆漆地閃著幽亮的光芒，果然是個十分好看俊逸的男子。他一身白衣，靜靜地安坐在那裡，不動聲色地看著我們。

不知為什麼，本該是個溫潤如玉的男子，卻渾身上下莫名地透出一股邪氣來。我和侍女一律黑紗蒙面，眼眉之下應該什麼都看不出，可被他盯著看的時間久了，竟然也有些背脊發毛的感覺。

千林會館的侍女過來替雙方斟好茶水，便關上大門離開了，房間內只剩下我們四人。

「本王怎麼不見小女卡娜兒加？」宋密枷一見只有我們兩個，忍不住搶先發問。

「司徒小姐這一路跋山涉水而來，一定旅途勞頓吧？」阮文帝突然發話，內容卻和宋密枷先前的問題完全沒有關聯。

不要說我吃了一驚，連宋密枷都顯然沒有料到他會這樣前言不搭後語，吃驚地斜瞥了他一眼。

北朝畢竟是塞外的大國，像科爾沙這樣的小國除了依附於它以外，別無其他出路。宋密枷雖不滿，卻也只能在一旁乾瞪眼，不再言語。我曾聽說，這個宋密枷曾經千方百計想把他的掌上明珠，號稱塞外第一美人的卡娜兒加公主嫁給阮文帝。只是後者心心念念記得的只是我的阿姊，宋密枷的美意被拒絕了好幾次。

「有勞陛下費心了。」

身前坐著的女子平靜地說出這句話，微微欠了一下身，以示回禮。我看到阮文帝在聽見回話的一剎那，身體情不自禁地顫動了一下，看著身前那個女子的目光更加熱烈。

而我，此刻，正默默地站在這個女子的身後，靜觀事態發展。

而坐在身前面對阮文帝的這個上官朝皇后，其實是——薛榛榛。

早上在準備出發的時候，薛榛榛在一旁看見我一圈一圈在肚子上纏上絲帶，為了不讓有孕在身的臃腫模樣顯露出來，突然跪倒在我的面前……

「娘娘，小的知道無論現在說什麼讓您不要親自涉險的話，您都不會聽進去的。小的只想求您一件事，讓我以您的身分前去交換解藥。無論有什麼突發情況，我還可以替娘娘抵擋一陣。」說這話的時候，她已經滿面淚痕。說完以後，她全身拜倒在我腳邊，任我如何讓她起身，她都不願起來。

「這怎麼可以？若是阮文帝發現了妳冒充我，他會對妳做些什麼，妳可以想像嗎？要是因此耽誤了救大將軍的事情，本宮還有什麼顏面苟活？」

對於她這樣為我著想，我自然心存感激，可是這樣的大事，又豈是可以鬧著玩的？

「娘娘，我知道您一定會堅持親自前往，只是我請求您暫且先不要暴露身分。您可以假扮侍女混在其中，這樣可能會更安全一點。」薛榛榛在我面前曉之以情，動之以理。「我娘親為了保護您，連性命都可以拋棄不顧，我若是讓您有什麼閃失，今後怎麼去地下見我的娘親，怎麼和她老人家交代？」

提到許姑姑，我也忍不住紅了眼眶。她的名字已經成了我心頭永遠的一根刺，扎得那麼深，稍微觸及，痛便不可抑制地擴散開來，冷汗涔涔地從額頭冒出來。

我拗不過薛榛榛，終於同意了讓她和我身分互換的主意。戴上面紗的那刻，我突然驚奇地發現，薛榛榛的眼睛，和我的有著驚人的相似。

難怪在第一次見到她的時候，會有一種難以名狀的似曾相識感。那雙眼睛，確實在哪裡見過，其實那便是每日鏡中的自己，或許還有午夜夢迴時夢裡出現的阿姊。她又和我一般身高，差不多身形，若不是我現在懷著身孕，蒙著面後怎麼看都像是孿生姊妹。不過幸好現在是大冬天，衣服穿得厚重，我的身孕乍眼看去也不那麼明顯了。

誰都不知道我和薛榛榛互換了身分的事情，甚至連她哥哥薛振宇和我最信賴的孫參將都沒有告訴。薛榛榛換上我的衣服走出帳篷外的時候，上官裴親自押著卡娜兒加公主前來送行。他讓人將同樣蒙著面的卡娜兒加公主送上後面的一輛馬車，然後過來與「我」道別。我本沒有料到他會親自過來，不由得緊張得心一陣猛跳，生怕被他看出端倪。

幸好他只是客套地說了幾句「皇后保重，自己小心」的話，便離開了。而薛榛榛全程只是微微地低著頭，似乎是害羞又或是略有不安。直到上官裴離開，薛榛榛欠身送別，上官裴都沒有發現他的皇后其實是別人所扮。

我站在身邊看著眼前的一幕，慶幸薛榛榛能夠以假亂真的同時，卻不免也感到有些哀涼。那個與我曾經有著肌膚之親的男人，竟然陌生到連眼前的女子是不是自己的妻子都認不出來了。也或許是在他心裡，我從來就不是他的妻子吧。

一個念頭尚未轉完，就看見身旁有一個人不停地打量著我們。那雙琥珀色的眼睛，除了他還會有誰？只是讓我略有不安的是，他全神注視的不是那個身穿皇后禮服的人，而是一身侍女裝扮的我。難道說，他認出我來了嗎？

不可能。如果和我朝夕相處的孫參將和與我從小一起長大的佟副將都沒有認出我來，憑什麼眼前的這個幾乎可以說是陌路人的傅浩明可以將我認出？我搖搖頭，想要將腦中這個念頭趕走。正好此刻孫參將趕來稟報，說是時間差不多，可以上路了。我隨著薛榛榛踏上馬車，在車簾被放下的剎那，我還是忍不住回望了他一眼。他仍然一動也不動地站在那裡注視著我們的馬車，風吹動著他的髮梢，那一刻的他顯得格外寂寥……

「長話短說吧。卡娜兒加公主，本宮是一定會交還給科爾沙王的。只是本宮必須先拿到解救司徒大將軍的解藥，讓人送回了大營，司徒大將軍服過了有效，才能放卡娜兒加公主回家。」薛榛榛不緊不慢地說出這些話，如此的淡定，讓我情不自禁刮目相看。這個年輕的女子，到底還有哪些不為人知的能耐？每次都能使我目瞪口呆。

「這算什麼話?!不是說好一手給解藥，一手放人的嗎？現在你們倒是在玩些什麼把戲啊？」

宋密枷先嚷了起來，顯然對我們的做法十分的不滿。

「陛下，本宮的哥哥現在生命垂危，本宮自然不會用兄長的性命來和您開玩笑。只是當前局勢險惡，本宮也不得不防，所以只有在試過解藥真假後，本宮才可以放人。」薛榛榛完全不理睬宋密枷的叫囂，只是轉向阮文帝，與他講道理。顯然她也明白阮文帝身上有她可以控制的軟肋，那就是她自己。

「一個女人家，妳都不明白自己身處什麼環境，竟然還敢與陛下講起條件來！」宋密枷顯然也看出了「我」才是阮文帝的軟肋，在一旁焦急地提醒著阮文帝不要輕易相信。

「公主殿下就在門外的馬車裡，只要一旦證實解藥無誤，科爾沙王馬上就可以和公主父女團聚了。要是陛下今天本來就無意與本宮交換解藥，那本宮既然來了，就沒有想著要全身而退。若本宮與司徒大將軍不能兄妹團圓，恐怕科爾沙王與公主也要天人永訣了。」

宋密枷還想再說些什麼，卻被阮文帝抬手制止了。

「寡人一向得聞司徒小姐的驚人美貌，沒有想到，今日有幸一見，竟然還有如此處亂不驚的大智慧，果然不愧是女中巾幗。」他說完哈哈大笑起來。「司徒敏，全天下只有妳才配得上寡人！」他突然間停止了笑聲，只是乾瞪著「我」發呆。「四年了，寡人無時無刻不在思念妳，該是妳回家的時候了。」

他的眼光漸漸迷離起來，我不知道他此刻是否還清醒地知道眼前的「我」是他口中司徒敏的妹妹司徒嘉。

「只要陛下肯幫小女子救兄長……」薛榛榛起身，半身而下，款款行禮。「小女子只求兄長可以平安無事，小女子願意聽憑陛下的發落。」薛榛榛的聲音微帶哭腔，任是再鐵打的人，聽了心裡也不免一陣酸楚。

「敏兒……」阮文帝想要伸手扶起「我」，奈何中間隔著一人多寬的長桌。他怔了怔，突然轉向宋密枷。「把解藥給司徒小姐。」

「陛下?!卡娜——」宋密枷大驚，脫口而出。

不可置信的除了宋密迦，還有我。難道說，阮文帝這麼輕易地就會把解藥交給我們？

啪！一記響亮的耳光打在宋密枷的臉上，五指的紅印馬上根根凸起。

「你給寡人閉嘴！」

阮文帝突然咆哮起來，嚇得身為一國國君的宋密枷渾身發抖，立馬噤聲不語，一個字都不敢再提他女兒的事了。

「千林會館有一個密道，這個密道直通到素莊外五里的小樹林。從小樹林出去，不到一炷香工功夫，就到了寡人的軍營。小姐讓您的侍女將解藥帶回，小姐這就跟寡人回去做北朝的皇后吧！從此夫妻恩愛，沒有人可以再把小姐和寡人分開！」阮文帝的語速越來越快，眼睛裡彷彿要噴出火來。

聽到這話，我的心猛地向下沈去。原來阮文帝千方百計要讓我來交換解藥，就是要趁這個機會將我擄走！他早已做好準備，就等我乖乖自投羅網。

「還不快過去！」阮文帝冷冷地轉向宋密枷命令道：「將解藥給她！」轉瞬間，他便恢復了剛才的溫文爾雅，若不是剛才的一幕是我親眼所見，是很難相信眼前這個男子震怒時有多麼的可怕。

即使心中千般不願，宋密枷還是戰戰兢兢地走到我身邊來。「這個是解藥，一共是七粒解藥。第一次服三丸，後面的四丸每兩個時辰服一丸就可以了。裡面的紙條上寫著服法，看著照做就是了。」他連看都不願看我一眼，只是將一個小小的錦囊袋扔在我手上，轉頭就回到了阮文帝身邊。

「本宮怎麼知道這些藥丸是真的有用？」乍聽此話，我一怔，心裡的酸楚慢慢地泛上眼眶，我強忍著不讓淚水流出。沒有想到薛榛榛到了如此緊急關頭，念念不忘的還是這些解藥的真假。

「妳是寡人的皇后，司徒大將軍就是寡人的國舅。讓皇后不開心的事情，寡人怎麼會去做？怎麼捨得去做？」阮文帝已經完全忘記了屋內還有我這個「侍女」和宋密枷，滿眼凝視的只有端坐不動的薛榛榛。那樣的熱烈，那樣的狂野，如一個懵懂的小男孩初見夢中情人般的不能自已。

「本宮命令妳，一定要將解藥安全送回，親眼看見司徒大將軍服用。」薛榛榛沒有回頭看我，只是平淡地交代了這麼一句，便不再說話。

我明白，她這是讓我一出這扇門就不要再回頭了。

而她，也已做好了最壞的打算。

第三十八章 江已東流、哪肯更西流

從大廳走到千林會館的大門，短短不過百來步。整齊平坦的青磚小路，因為被人踩踏的時間長了，在日光的照耀下泛出淡淡的光澤。可這條小道，我卻走得從未有過的艱難，宋密枷同樣垂頭喪氣地緊跟在我的身後。

雖是冬衣厚重，可我仍能感覺到腰間被他手中握著的匕首硬生生地頂著。他被阮文帝逼著跟出來看住我，以防我大叫大嚷壞了阮文帝的好事。恐怕宋密枷心裡也明白，自己是否能全身而退，卡娜兒加是否有救，阮文帝並不放在心上。科爾沙國和北朝表面上說是同盟，其實充其量不過只是衝鋒陷陣時的工具，棄車保帥時的犧牲品。於是我們兩個各懷心事的人，沈默不語地向大門口走去。

我的腦海中還記得薛榛榛被阮文帝一把拽走前回頭對我喊出的一句話──

「妳還不走，待在這裡幹什麼？延誤了救治司徒大將軍的時機，妳擔當得起嗎？」

那個眼神，決絕中又帶著希望，卻彷彿一把剔骨刀，慢慢地將我的良心淩遲。

千林會館的大門被緩緩打開，門外等待著的兩方人馬齊刷刷地看向我們。

孫參將第一個迎了上來，匆匆環顧一下。「薛姑娘，娘娘呢？」

「貴國皇后正與我們陛下在大廳內談論要事，不便旁人在場。貴國的皇后娘娘稍候便會出來。」宋密枷搶在我前面回答，而他握住匕首的手也在暗中加重了力道。「陛下為了表達誠意，特意先讓這位姑娘將解藥送出。」宋密枷的聲音有些發抖，另一隻空出來的手不停地抹著額頭上的汗。「陛下吩咐，說他和貴國皇后還有一些要事要商議，讓小王先帶著卡娜兒加公主返回軍營等待，其餘人在這裡好好候著啊！」他抬手胡亂指了指身後為數不多的北朝士兵們。「既然解藥也給了，現在總可以把女兒還給小王了吧？」他伸長了脖子左顧右盼，卻不見卡娜兒加的蹤影。

我朝前邁了一小步，感覺到宋密枷在我身後也亦步亦趨。

「孫參將！」我高聲喝出，旋即伸手揭下面上的黑紗。

孫參將隨著我的動作，看著我的眼睛慢慢瞪圓。「娘娘?!」一聲輕呼已然出口。

「不錯，正是本宮！」此話一出，我只聽見身後哐噹一聲，回頭一看，宋密枷半張著嘴，呆若木雞的樣子，而匕首已掉落在地上。「來人啊，先將這個人給我扣起來！」反正他女兒已經是人質，此刻我不在乎再多一個。

看見宋密枷被人押了起來，阮文帝帶來的一小隊士兵有些按捺不住，只是不過十來個士兵，一見雙方實力懸殊，倒也不見得有什麼大的動靜。我猜他們自然也明白了自己所處的形勢，現在狀況突變，顯然阮文帝在帶他們來的時候已經沒有想著能讓他們活著回去。

「東易，本宮命你火速趕回軍營，將此藥親手交給佟副將。記住，一定要親手交給佟副將！」我把小錦囊扔給孫參將，敦促他快馬加鞭趕回大營。

他應了我一聲，連跪拜之禮都沒有行，就翻身上馬帶著一隊人向漠城的方向火速離去。

我轉身繼續吩咐道：「傅參將，你立馬帶人前去離素莊五里遠的小樹林堵截阮文帝，不惜一切代價，務必要將薛姑娘帶回來！只要救出薛姑娘就可，不許戀戰！」

傅浩明顯然也對眼前的這一系列變化有些措手不及，在原地怔了一小會兒。不過他馬上反應過來。「屬下遵旨。」說完一揮手，帶著京畿營的一隊人馬就出發了。

我攔住他的馬頭，壓低了聲音跟他說：「傅參將，本宮請你，務必要救出薛姑娘。但記住，暫時不要在阮文帝面前暴露了薛姑娘的身分。阮文帝仍以為他帶走的是本宮。」

「娘娘放心！」他只簡單地說了這麼一句，便雙腿一夾，策馬飛奔，帶著人馬，絕塵而去。

我轉身面向北朝的那些士兵，勉強擠出一絲微笑來。「看你們的樣子，也是普通百姓出身，長年在外行軍打仗，過著今日不知明日生死的日子。你們的皇帝將你們留在這裡，也沒準備讓你們活著回去，可是你們的家人還伸長了脖子盼著等著呢。本宮這裡給你們兩條路走，要嘛自願繳械投降，隨本宮回漠城，本宮保證你們的安全。等什麼時候這仗打完了，就發給你們盤纏，讓你們回家去。你們若是不願意去漠城，現在就可以回到你們的大營，可不知道什麼時候阮文帝又要讓你們去幹那送死的差使，被人賣了你們還傻兮兮地替人數錢呢。」

面前的這一小撮人一聽這話，情緒頓時有些激動了起來，所有人都交頭接耳議論著。我任由著他們在那兒討論，往往讓別人親自作出的決定，事後反悔的可能才少一些。

過了一會兒，一個看似領隊的人向前猛跨了一步，「砰」的一聲扔下手中的刀，跪倒在地，高呼一聲——

「謝娘娘不殺之恩！」

身後所有的北朝士兵都乒乒乓乓扔掉手中的兵器，學著他的樣子跪倒在地，高呼起「娘娘千歲」來。這些在戰場上與我們的士兵兵戎相見的敵人，其實也不過是一些平頭百姓。對於普普通通的老百姓來說，沒有什麼比回家過有老婆、孩子、熱炕頭的安穩日子更有說服力了。

身旁被兩個士兵押著的宋密枷還在不停地掙扎，我示意讓士兵放開他。他沒有防備，一個踉蹌跌倒在地。我上前扶起他，他顯然沒有料到我會這麼做，吃驚地看著我。

「科爾沙王，您老也看到您口中的陛下是怎麼對待您和您女兒的。現在您的子民衝鋒陷陣、流血犧牲，若是阮文帝真從這場戰爭中得了些什麼好處，就憑他連您老都不放在眼裡的架勢，您以為科爾沙國能夠得到些什麼？何況這場戰爭誰勝誰負還是未知數，您老一把年紀，又何必要替他賣命卻不討好呢？」我好心勸慰他。

「哎……」宋密枷也知道我說的話句句在理，只是一個勁兒地搖頭嘆氣，卻不言語。

「本宮明白您老的難處。北朝是北方疆域的霸主，科爾沙國長期以來一直仰北朝鼻息生存，所以阮文帝讓您老參戰，您不得不從。」我上前一步，語氣更加溫柔。「倒不如和敝國合作，共同對付北朝吧？剷除了阮文帝這個北方霸主，科爾沙國就不用再過那些被北朝欺凌的日子了，這對大家不都是好事嗎？」我看宋密枷略有所思地皺起了眉頭，覺得事情有些眉目。「沒有了北朝，科爾沙可就是北方第一大國了啊！」稱霸的野心，對於任何一個男人來說都是誘惑，無論他是個如何色厲內荏的傢伙，也不管他年紀多大，是不是馬上就行將就木。

看著宋密枷有了動搖的跡象，我決定加大遊說的力度。「來人啊，把卡娜兒加公主請來！」我吩咐下去。

聽見他寶貝女兒的名字，他渾濁的眼球彷彿也閃現出一些光彩來，看來人人傳聞卡娜兒加是他的心頭肉，一點也不假。

過沒一會兒，卡娜兒加公主就在一個女官的攙扶下來到了面前。雖然蒙著面，看不清她全部的容貌，可還是可以看見她亞麻色的長髮微鬈，鬆鬆地綰了個結披在身後。明亮的眸子泛著灰綠色的光芒，像貓一樣的狡黠。

以前常聽二哥說北疆雖然屬於蠻夷部落，可是他們的女子卻通常豔麗非凡，加上北疆女子往往性格豪放，所以有不少中原男子納了北疆貧窮人家的姑娘為妾。由於北疆各部落間長年戰荒，所以有很多人家流離失所，甚至有些北疆姑娘為了自己生存或是要養活家裡人，自願跑到中原的妓院賣身，美貌又能歌善舞的她們往往更容易得到金主的青睞。前不久吏部侍郎左遠德就納了一個來自於斡丹的五姨太，近古稀之年的老頭娶了一個年方二八的姑娘，一時成為街頭巷尾茶餘飯後的談資。

二哥在說起這些事情的時候，語氣是說不出的惋惜和厭惡。雖然他這麼多年來一直在平定北疆各部落此起彼伏的叛亂，可是我知道從心底裡，他對北疆的百姓還是同情的。我曾聽見他不無感慨的說，自己的一身功勳又給多少北疆普通百姓帶來了苦痛。

身旁的宋密枷看見卡娜兒加朝他慢慢走來，明顯激動起來，還未等他女兒近身，就衝著他女兒咕咚一陣，說了一通科爾沙語。宋密枷突然側眼看了我一眼，馬上改口用漢語說：「卡娜兒加，妳還好吧？」

卡娜兒加慢慢在女官的攙扶下走到我們面前，不急於回答她父親的問話，卻低下頭擺出一副嬌羞狀。

「卡娜兒加公主，過去的一段日子裡，有些怠慢了，本宮在這裡可要向妳賠不是了。」我走上前一步，握住了她的手。

猝不及防，面前的卡娜兒加一下子跪倒在地，朝著我一陣搗蒜似的磕頭。「娘娘饒命，娘娘饒命啊！」

話音剛落，宋密枷就衝了上來，一把扳直了卡娜兒加的身子，抬手就扯下了她的面紗。就是那麼一眼，宋密枷已經一屁股坐在地上，驚呼出口——

「她不是我女兒，她不是卡娜兒加！」

我對眼前這一突變還沒有反應過來，宋密枷已經一股腦兒地爬了起來，幾步躥到我面前，雙手掐著我的肩膀猛力搖晃。

「妳把我女兒怎麼啦？把我女兒還給我，還給我！」

身邊的士兵這才明白過來發生了什麼事情，用力地將他從我身邊拉開。

剛才那一陣猛搖，我被他搖得暈頭轉向，連髮髻都有些鬆了下來。

宋密枷雖然被兩個人高馬大的士兵制伏了，但是仍然不停地叫囂。「你們不講信譽！一幫騙子，科爾沙誓與你們血戰到底——」

說到後來，連科爾沙語也出來了，也不管我們是不是聽得懂。

我不理會他，轉身詢問陪同那個假冒的卡娜兒加前來的女官。「這是怎麼回事？為什麼會有人冒名頂替卡娜兒加公主？真的公主現在在哪裡？」

那個女官也早已被嚇得面無人色，看我這樣嚴厲質問，一早地就跪了下去。「娘娘饒命！小的真的什麼都不知道，小的是漠城醫館的女大夫，昨天一早被帶到了軍營，給換上了這套衣服。小的真的什麼也不知道！」說完就拚命地磕頭，一小會兒工夫，額頭就鮮血淋淋了。

「那妳說，這到底是怎麼回事？誰讓妳冒充公主的？」我轉向那個北疆女子。

「娘娘，小的只是漠城紫雲軒裡唱曲的。昨天一個大爺花了一百兩銀子，說是要包小女子十天，嬤嬤就讓他把小女子帶出來了。他只讓我換了衣服，跟著你們就來了。我什麼也不知道，娘娘饒命啊！」她用一口不太流利的漢語吃力地說著，滿眼皆是惶恐神色。

我看這兩人的樣子，估計也是被人騙了來，什麼也不知情的主。可又是誰會要讓人假扮公主呢？我正在出神，突然見到眼前的人群中微微有些騷動，接著從很後面擠出一個人來。看這打扮，應該是個普通京畿營的士兵。老遠就聽見他一路讓別人朝邊上讓道的聲音，這聲音聽在耳裡，十分的熟悉。

待他一走近，我才發現這個人我不僅認識，還熟得很。不是張德全更是何人？可是張德全為什麼要換上京畿營士兵的衣服混在隨我一同前來素莊的隊伍中呢？既然是不露聲色地一路跟隨，為何現在又要明目張膽現身呢？

張德全擠到我面前，也不下跪行禮，反而從袖袋裡掏出上官裵的信物，對著宋密枷高聲宣起旨來——

「聖上口諭！科爾沙王宋密枷接旨！」

宋密枷顯然也搞不清狀況，還在那裡不停地罵罵咧咧，被身後的兩個士兵強壓著跪倒在地。

在場的其他人一看是宣聖上口諭，也都齊刷刷地跪了下去。

我雖然身懷六甲，行動不便，可是在眾人面前也不能壞了規矩，於是硬著頭皮跪了下去，心裡卻疑竇叢生，不知道上官裵這葫蘆裡賣的是什麼藥。

「奉天承運皇帝詔曰——科爾沙國公主卡娜兒加殿下出身高貴，德貌兼備，特封卡娜兒加公主為宸夫人，入主福陽殿。封科爾沙國王宋密枷為縉南公，官拜右司馬，賞封戶三萬。欽此，謝恩。」

我的頭皮一陣發麻，這唱的又是哪一齣？上官裵竟然封卡娜兒加為妃，還一入宮就給了她這麼高的一個品階。這還不算，竟然還封了她爹一個王公，直接就升到了大司馬。這完全不符合我朝冊封升遷的規矩。

我轉過頭去看向身邊的宋密枷，他半張著嘴還在驚訝中。

張德全不耐煩地撇了撇嘴。「縉南公，趕快謝恩呢！」

宋密枷經他這麼一提醒，方才緩過神來。剎那間，笑容布滿了他那一張老臉，連眼角額頭的皺紋裡彷彿都嵌著笑意。他整個上身完全匍匐拜倒在地，雙臂直直地伸開，大聲叫出：「吾皇萬歲萬歲萬萬歲！」

是了，宋密枷怎麼會不高興呢？他一心希望作為北疆第一美女的女兒可以嫁到一個有勢力的丈夫，從而也能夠替科爾沙爭取到一個靠山。這就是為什麼他先前處心積慮地想要讓女兒嫁給阮文帝的原因。現在他女兒成功做了中原天子的妃子，而且位列夫人，成了除皇后外，後宮中地位最高的夫人，他自己也如願位列三公九卿的首位，怎麼看，這位女婿比起阮文帝來，權勢都要更大一些。這個靠山比先前他厚著臉皮去討而討不來的那個好了不知多少倍，他怎能不滿心歡喜呢？

一個念頭還未轉完，我又想到，如果剛才在與阮文帝交換解藥的過程中，若是對方直接衝著卡娜兒加而來，那麼一旦看到所謂的公主是個冒牌貨，那這解藥是怎麼也拿不到手了，我的二哥就沒得救。不僅如此，我還可能會因為不守信用而遭到什麼不測。想到這裡，我早已經是一身冷汗了。

張德全換了衣服悄悄地跟來，顯然是來靜觀其變的，不到他們設想好的場景絕對不會粉墨登場的。現在眼看宋密枷很有可能會被我爭取過來，將來不僅司徒家勸降有功，而宋密枷也會記得我的人情，倒不如直接由張德全出面，代表上官裴把所有的好處都一股腦兒地吞下。

剛除去一個丁夫人，又來了一個宸大人，我不禁有些恨恨地想著——

後宮像是一枚永不停歇的暴風眼，把所有人都捲入其中，無法脫身。

第三十九章　不應有恨，何事常向別事圓

「恭喜科爾沙王榮升國丈！那就趕緊隨了奴才我回去見皇上，也好和您女兒宸夫人團聚。」張德全上前向宋密枷道喜，宋密枷感激涕零地從地上爬起來，忙不迭地抱拳道：「有勞公公了，有勞公公了！」

張德全並不理會，徑直一路小跑來到我面前，小心翼翼地賠笑道：「娘娘，剛才的事，小的完全是聽命行事。若讓娘娘受到了驚嚇，小的罪該萬死！」

說完人就要往地上跪，被我趕快攔住。

「張公公，這是幹什麼啊？既然是皇命，那你無論怎麼做，都是代表皇上，本宮自然是沒有話講。皇上行事果然不同凡響，本宮佩服得很呢！」我不願讓張德全得了便宜又賣乖，說完邊轉身吩咐下去。「起身回去吧。若是有傅參將和薛姑娘的消息，要第一時間來回報本宮。」

上官裴的營帳內燈火通明，他特地擺下了宴席招待投誠上官朝的科爾沙王，並從漠城的紫雲軒裡找來了歌舞班助興，還讓一班京畿營的高級將領作陪。行酒聲、調笑聲，觥籌交錯，鶯歌燕舞，乍眼看去，哪裡像是大戰當前的軍營，分明是春宵苦短的溫柔鄉。我坐在上官裴的右側，看著眼前的這一切，如坐針氈。

從素莊回來，我就跟著張德全徑直來到上官裴的大營裡覆命。上官裴早已安排了酒宴，等我們回來就好一群人開席入座。我雖心裡繫掛著二哥和薛榛榛，可是怎麼說這也算皇上親自舉辦的宴會，我身為皇后，從道理上說自然是一定要親臨參加的。

這是我第一次看見號稱北疆第一美女的卡娜兒加，她坐在上官裴的左側，不時發出銀鈴般的笑聲。她一身大紅色的新袍，胸前的領口開得很低，露出裡面白色的胸衣，一條玄色的腰帶繫在腰間，將她玲瓏有致的身材勾勒得恰到好處。淺褐色的長髮在腦後盤成了繁複的髮髻，頭上綴滿了珠釵。每當她回頭與上官裴談笑的時候，珠環撞擊發出叮鈴噹啷的聲音，煞是熱鬧。卡娜兒加化著很濃的妝，將豔麗的面龐襯托得更加光彩照人。她身上有著北疆女子特有的豪爽英氣，雖不及中原女子的纖細柔媚，卻別有一番女中豪傑的颯爽之美。這北疆第一美女的稱號果然不是白得的，連我這一個女人家看了都不覺有些失神心動。

開席的時候，照理說卡娜兒加作為後宮嬪妃應該向我行禮，但因為她現在以盟國公主的身分成為新妃，聽說又是一個極其驕傲的女子，我也沒有期望著她明白大小尊卑的規矩，所以看見她主動端著茶杯恭恭敬敬地在我面前行三跪九叩大禮的時候，我還是多多少少有些吃驚。說了一些客套話，各自入席後，我卻對她不免有些刮目相看。

卡娜兒加坐在上官裴身邊，不時湊近了耳語著什麼，惹得上官裴哈哈大笑了好幾次，看上去十分親熱的樣子。想她和上官裴相處不過短短幾日，今日這局面不知是襄王先有意，還是神女先有心？不過肯定的是，卡娜兒加現在所有的心思都撲在上官裴身上，眉目間傳遞的情意竟然讓我這個旁觀者都有了灼熱的感覺。

我正暗自思量間，卻見宋密枷端著酒杯來到我和上官裴面前。

「皇上！愛女能夠被皇上相中，我這個糟老頭子此生可謂無憾了。微臣已經派了親信將親筆書信交給我的岳丈彝北族的可汗木可覺，讓他連夜帶著兩軍的部隊撤回彝北和科爾沙。科爾沙和彝北加起來有近三十萬的兵力，雖說不多，可對阮文帝那個昏君的打擊應該也是不小。皇上什麼時候需要彝北和科爾沙出兵協助，儘管發話，到時候就可以來個前後夾擊，打阮文帝個措手不及。臣就用這杯酒預祝皇上兵馬所到之處戰無不勝，也祝皇上和小女琴瑟美滿，臣先乾為敬！」說完一仰脖，飲盡了杯中的酒。

「哈哈，好！」上官裴顯然興致也很高，一口也喝光了杯中的酒。卡娜兒加馬上替上官裴的酒杯再次斟滿了酒。「如果朕的計劃可以如期進行的話，那說不定就不需要煩勞國丈了。」

聽到此話，我不禁轉過頭去看著上官裴。計劃？什麼計劃？是他無心的一句客套話，還是有一些事情正在秘密進行著？我還在思量著上官裴這句話時，卻看見宋密枷端著斟滿的酒杯來到我的面前。

「先前與娘娘有些誤會，多有得罪啊！那時各為其主，微臣也是迫不得已。現在一起為皇上效力，希望娘娘大人不計小人過。小女從小在微臣身邊嬌生慣養地長大，在很多事情上還不太懂事，今後在宮中的生活，還望皇后娘娘多多照顧。」

說完竟然全身拜倒在地，畢恭畢敬地磕了個頭後才起身飲盡杯中的酒，看這陣勢比剛才拜見上官裴還誠心不少。

「哪裡，今後都是一同服侍皇上的姊妹，本宮自然會好好照顧宸夫人，緇南公就不要擔心了。到時候緇南公也可以多來京城裡住，多進宮來探望一下宸夫人。不然遠離家鄉幾千里，本宮怕宸夫人會思家心切，憋出什麼病來。」我笑咪咪地舉起面前的茶盅，輕輕抿了口。

「皇上，臣妾在北疆的時候就一向聽聞皇后娘娘是天朝第一美女，不僅琴棋書畫無所不精，還能歌善舞，比坊間的女子更勝一籌。不知道今天能否在這宴席上有幸一睹娘娘的風采，也讓臣妾可以開開眼？」卡娜兒加嬌嗔地提出這個要求。

她的漢語已經算說得十分流利，雖然帶著小小口音，聽上去卻並不覺得奇怪，反而有些小小的俏皮。

這句話一出，我就感覺到了來者不善的意味。將我堂堂一個皇后比做坊間的舞女已經是大不敬，竟然還要讓我在眾人面前表演，這不是將我一軍，讓我難堪嗎？仗著她是新人，有皇上給她撐腰，就迫不及待地要給我一個下馬威嗎？看著她忽閃的大眼睛裡透露出來的純真，我不知道她是在演戲呢，還是不諳世事說出來的傻話。我一眼瞟到席下很多將領流露出來或是期待或是看好戲的神色，剛想著要怎麼應對才不會拂了這位新妃的面子，又不需要委曲求全，上官裴在一旁倒先開了口。

「愛妃，皇后娘娘的舞姿，朕也聽說如天女下凡一般出彩，不過到現在為止連朕都沒有機會親眼見過，甚為遺憾啊！」他邊說邊回頭瞟了我一眼，我仍舊是淺淺的笑，並不作任何反應，他復又轉開道：「只是現在皇后懷著龍子，身子不爽。等到以後吧，來日方長嘛！」上官裴伸手拂開垂落在卡娜兒加脖頸間的碎髮，滿眼的溫柔。

上官裴微側著身子，我只看得見他的背影，而卡娜兒加的容顏則完全落入了我的視線。我清楚地看見卡娜兒加在上官裴伸手的剎那，臉上頓時泛起淡淡的一層緋紅，含羞帶俏地靠近上官裴，低聲說了句——

「皇上，臣妾的舞姿雖說不及天女下凡一般，但是只要皇上願意，臣妾隨時願意為皇上起舞。」說完，抬眼對上了上官裴的眼睛。

從我這裡看過去，灰綠色的眼眸彷彿被蒙在一層紗裡，朦朧中迷醉了人心。

上官裴彷彿也迷失在這溫柔的凝視裡，過了許久才反應過來。「朕聽聞愛妃的舞姿也十分了得，不如趁著這個機會在此翩翩舞上一曲，讓朕見識一下。」

只見卡娜兒加拍了拍手，旁邊的樂隊立刻就奏起了充滿北疆風格的歡快曲調。身材頎長的卡娜兒加早已如一隻炫目的蝴蝶，飛旋到帳篷的正中心。隨著樂曲，裙袂翻飛，眼波流動，眼神中滿含著熱情，美豔得好像一隻剛剛破繭而出，翅膀上還沾著清晨雨露的蝴蝶，映襯著嬌媚的容顏，讓旁觀者頭暈目眩。樂曲的節奏越來越快，她的身形也越來越矯捷，彷彿化作了一團輕雲，隨時都能騰上天空。

我掃了一眼席上眾人，除了宋密枷掩飾不住得意的捋鬚大笑外，在場的其他人都震懾於卡娜兒加的美色與舞姿，無一例外地張大了嘴作呆若木雞樣。

身邊的上官裴顯然也是十分陶醉，握著酒杯的手彷彿被施了定形術，停在半空忘了動靜。周圍的空氣彷彿也凝結起來，只見卡娜兒加不斷地旋轉，本來盤著的頭髮也散落開來，像一匹光亮的綢緞飄散在空中。一曲終了，卡娜兒加不偏不倚正好停在上官裴的正前方，反向下腰慢慢咬住上官裴手中斟滿酒的杯子，然後再慢慢地直起身來，直到將杯中的酒飲盡為止。不知是她不勝酒力，還是因為一曲熱舞剛了，滿面通紅的臉龐閃耀著珍珠般的光暈。

在場所有的人都怔怔地看著眼前的紅衣美人，然後突然反應過來，叫好聲、鼓掌聲不絕於耳，熱鬧得彷彿要掀翻了帳篷。

上官裴也是用力地拍手，然後親自起身扶起卡娜兒加，將她領回正席。兩人坐下後，上官裴的眼睛一直都沒有離開過卡娜兒加的臉龐。

帳篷內人人都在興奮地交談著，關於剛才那段炫目的舞蹈和恍若仙子下凡般的美人。我這個皇后一下子好像變成了透明人，沒有人在乎我是不是還在帳篷內。

帳篷內生著火，本來就很暖和，現在又人聲鼎沸，氣氛熱烈，我的額頭已經密密滲出了一排汗，人只是覺得熱得難受。我扯了扯領口，大口大口地透著氣，卻還是覺得壓抑難耐，讓我暈眩。環顧四周，沒有人注意到我，這正是我找個藉口向上官裴請辭的絕佳時機。

正思量著，上官裴卻先回頭看到了我，我想我此刻臉一定紅得夠嗆，上官裴疑惑地看了我一眼，輕聲地問道——

「皇后不舒服嗎？怎麼臉那麼紅？」說完伸手就要摸我的額頭。

我只是潛意識地向後仰身一退，就馬上意識到自己剛才的動作是多麼的無禮了，整個人便硬生生地僵在那裡，頓覺渾身上下的血都湧到了臉上，燒得厲害，彷彿隨時都有暈過去的可能。

上官裴也覺得有點尷尬，收回了手，人也向後挪了挪。

卡娜兒加注意到了這裡的動靜，湊過來輕聲說道：「帳篷內空氣不好，又生著火，乾燥得很。娘娘今天身子不爽還能來參加皇上為臣妾和父王舉行的宴會，臣妾十分感動。皇上，看娘娘的樣子，是坐久了累了，就讓娘娘早點回自己的帳篷休息吧？」

聽到這句話，我心裡頓時對這位宸夫人恢復了一點好感。抬頭看著上官裴，就等他一聲令下，赦我離席。果然——

「那皇后就好好回去休息吧。今天皇后孤身冒險將解藥換回，也是大大的功勞一件，又懷著身孕，真是辛苦了。」

我剛要起身謝恩，上官裴已經抓起我的手將我扶了起來。

「漠城不比上京，天一黑，外面的路上都積起了薄冰，滑得很。朕還是送皇后回去吧，順便探望一下司徒大將軍。」

「臣妾怎敢煩勞皇上親送？何況今天是皇上特地辦的宴會，怎麼——」我的話還沒說完，上官裴已經站了起來。

眾人一見皇上、皇后都站了起來，一下子就安靜了下去。

上官裴對著席下眾人大聲說道：「各位愛卿，大戰當前，不如今晚就到此為止，各位卿家散了吧。等到打贏了叛軍，朕和皇后一定在禧陽殿好好設宴款待各位卿家！」

說完上官裴一手牽著我，一手扶著我的腰，慢慢地走下座位，在眾人的注視下緩緩向帳篷外走去。我甚至來不及看一眼此刻宸夫人的臉色，就在眾人「皇上萬歲、娘娘千歲」的叫聲中走出了帳篷。

帳篷外，清冽的冷風夾帶著清新的空氣撲面而來，和帳篷內的熱火朝天完全是兩個世界。我忍不住深深地吸了幾口氣，緩解一下前面呼吸不暢的壓抑。抬頭看向天空，塞外的天看上去格外的低，月亮也顯得特別的圓，銀盤似掛在藍色天鵝絨般的夜幕中，觸手可及一般，讓我忍不住有了伸手去摸的衝動。

從上官裴的營帳走回二哥的西營不過一盞茶的工夫，上官裴扶著我，走得格外的慢，讓我忽然產生了這裡不是軍營，卻頗有點夜遊御花園的意思來。

幾個內侍分別在前後舉著燈籠照路。月色明朗，不用燈籠也看得清周圍，上官裴吩咐了下去，讓左右隨從不要離得太近。

我沒有料到上官裴會對我有如此親密的舉動，一時有點不知所措。兩個人並肩走著，都默不作聲，只有各自呼出的白氣，在面前嫋嫋地散開，給了我稍許一點真實的感覺。

「皇后這幾日勞頓，感覺還好吧？」上官裴突然開口。

我沒有防備，人微微抖了一下。上官裴扶著我腰的手不由得加大了點力道，將我一把攬入懷裡。兩人就停在了小道上，面面相覷，一時無語。

「再不好，恐怕也沒有丁夫人不好吧？」

他接下來的這句話，讓我驚出一身冷汗來。

「皇上，」我輕輕地叫了一聲。「其實——」

「噓……」他輕輕地止住了我要說的話。「朕不想聽妳的解釋。人都不在了，多說這些又有什麼意義？丁夫人派人行刺皇后，即使朕當時在宮中，這樣的人贓俱獲，恐怕也是君王掩面救不得的。」

他輕輕地嘆了口氣，在我聽來竟然有說不出的哀涼。

「她一直是個倔強的人，不肯聽朕的勸，讓她別和妳鬥了，別和妳爭了，可就是勸不住啊。妳以為朕不知道她心裡想要什麼？朕其實都知道。但是她是朕的結髮妻子，朕又能拿她怎麼辦呢？她在朕心裡的地位，誰都不可以改變，也沒有誰可以取代，甚至……」

說到這裡，他停了下來，彷彿在掙扎著是不是要繼續說下去。

猶豫了一小會兒，他還是決定繼續。「甚至於連妳的阿姊都不能取代。丁夫人陪著朕度過了最難熬的日子，吃過了很多妳不能想像的苦。妳一直過著錦衣玉食的生活，當年丁夫人陪朕受過的苦，妳是無法想像的。所以朕一直讓著她、寵著她，因為這些都是朕欠她的。」他深深地嘆了口氣。「妳雖是司徒家出來的皇后，可妳更是朕的皇后，所以朕以為妳會明白朕的心境，但是……難道妳不能看在朕的面子上，看在朕和皇后將來的分上，饒過丁夫人的死罪嗎？給她一個活下去的機會……」他的聲音越來越輕，到後來幾乎就成了呢喃，像是在哀求，更像是自言自語。

饒過她？給她一個活下去的機會？我咀嚼著他的最後幾句話。那誰又肯饒過許姑姑，給她一個活下去的機會？想到這裡，我心中的痛楚又翻騰起來。倔強地轉過頭去，不去看此刻上官裴哀怨的神色。

上官裴抬手抓住我的下顎，將我的臉硬生生地轉過來正對著他。

「妳這樣趕盡殺絕，總有一天——」

他愣在了那裡，我從他的眼中看到了殺氣。不過也只有短短一瞬，他又恢復了平靜，不復剛才的咄咄逼人。

我的下巴被他牢牢地捏在手中，左右掙扎卻不能擺脫他的箝制。因為吃痛，我的臉上露出了痛苦的神色，我看見他的瞳孔陡地一縮，臉上竟流露出些許痛心的表情來。

他慢慢鬆開手。「走吧。」

說完這句話，他便一言不發，只是扶著我繼續向西營的方向走去。

天地間一下子暗淡了下來，我抬頭看去，不知從哪裡飄來了一朵雲，剎那間遮住了天上皎潔的月輝。

第四十章　花自飄零水自流

還未走到二哥的帳篷，就聽見那裡一陣喧囂。簇簇的人頭攢動，無數火把將黑夜照成了白晝。

我以為二哥出了事，掙脫了上官裴的手，提起裙邊就要跑。突然，自己的右腕一把被抓住，低頭一看，除了上官裴絕沒有別人有膽子來抓我的手。回頭看去，他在身邊怒目圓睜。

「妳不為自己考慮，也要為肚子裡的孩子著想！」聲調雖不響，語氣卻十分的重。

來漠城這幾日，我幾乎已經忘記我還是個懷著身子的人，現在突然被他這麼一提醒，木然地有一種驚愕的情緒湧上心頭。我竟然首先想到的是——這孩子的降生將意味著我的消亡，而我還有那麼多的事情沒有來得及安排！

曾經有過的幸福感和母愛被一種不可名狀的抵觸情緒所代替，這種感覺是在我得知懷了身孕後從不曾有過的，連我自己都嚇了一跳。

上官裴對我態度上的轉變更是讓我大吃一驚，從幾天前的冷若冰霜，到今天幾次出人意料的關切之舉，都讓我疑竇頓生。我不敢奢望他在明知丁夫人的死訊後，還會想到要與我舉案齊眉，於是這樣的殷勤反而讓我防備。他這些真真假假的舉動，不知是有意還是無心，卻讓我的心時時刻刻都像被壓迫著，準備隨時爆發。

終於忍著耐性尋到了聲音嘈雜的源頭，一大群人圍成了一個圈，讓人看不清圈內究竟發生了什麼。

張德全細著嗓子喊道：「皇上、皇后駕到！」

那一群人方才慢慢轉過頭來，眼光在我和上官裴之間游移了好一會兒，這才恍然大悟似的，跪下請安。

帶頭的佟副將、身後的章先生、孫參將、薛校尉、馬老先生，一大堆人都慢慢地跪了下去，磕頭行禮，山呼萬歲。

眾人拜倒之後，我才看見剛才的圈內躺著兩個人。錦衣女子穿著皇后的禮服，面孔蒼白，頭髮凌亂，因為沒有血色，肌膚呈現出近乎透明的灰白色，緊閉的雙眼上仍顫悠悠地翹著一對密長的睫毛，雖一動不動，卻別有一種病態的美。這麼一看，我的心已經幽幽地沈了下去。這不是被阮文帝擄走的薛榛榛，更是何人？

薛榛榛身旁躺著同樣雙眼緊閉、面孔蒼白的傅浩明。更讓人觸目驚心的是，傅浩明的頭上胡亂纏著厚厚的一圈白布，可是仍沒有止住血汩汩地往外流。身上墨綠色的衣服，半邊都被血浸透了，泛出黏稠的黑色來。傅浩明雖然傷勢極重，神智不清，雙臂卻仍緊緊將薛榛榛抱在懷裡。剛才那陣騷動，原來就是這些人正要將兩人分開卻沒有成功。

上官裴一看他表兄毫無生氣地躺在地上，頓時面如死灰。幾步上前，就探身將他表兄抱在懷裡。「這是怎麼回事？」他的聲音微微發抖。「還愣著幹什麼？還不把他們抬進去！」上官裴自已動手，捧著他表兄的頭，身邊的內侍紛紛上來抱著傅浩明的腿腳，還有人接應著因為傅浩明不肯鬆手而被他緊緊摟在懷裡的薛榛榛，大家七手八腳地將兩人抬進了旁邊佟副將的帳篷內，又花了九牛二虎之力才將兩人分開。

馬老先生仔細察看著兩個人的傷勢，周圍的人只是焦急地等待著，卻沒有一個人說話。

我悄悄走到佟副將身邊，低聲問道：「我二哥現在怎麼樣？」我不敢回頭看他，生怕從他的眼睛裡知道我最害怕的結果。

「大將軍他——」佟副將壓低了嗓門回答，一句話還沒有說完，上官裴已然發問——

「馬老先生，他們現在情形如何？」上官裴的急切完全都寫在了臉上。

「回皇上的話，這位姑娘沒有外傷，應該是受了驚嚇，所以才昏迷不醒。傅參將的傷勢就比較嚴重了，折了右臂，斷了好幾根肋骨不說，更麻煩的是後腦也受了傷。老朽現在替他重新包紮了一下，還止了血，可這腦顱內究竟是什麼情況，老朽還不能馬上確定。如果顱內沒有瘀血，那這位軍爺說不定還有救，若是有瘀血……」馬老先生沒有再說下去，大家都沈默無語，恐怕也明白了他的言下之意。

趁著這當口，佟副將與我退到一邊輕聲說道：「帶回來的解藥好像起了作用。馬老先生說大將軍體內的毒正在慢慢消散，可是……」說到這裡，他頓了頓，抬頭看了看周遭的人，發現沒人注意到我們才繼續道：「可是司徒大將軍還是昏迷不醒，不知是怎麼一回事。馬老先生說排毒的過程中氣血都流轉得很快，腦子裡缺血，可能一時半會兒醒不過來，這也是可能的事情。不過至少身體裡的毒在慢慢消散，這總是好事。」他一口氣說完，嘴角處竟然流露出不經意的微笑。

我自然可以體會到他的心情，聽說自從二哥出事以來，佟副將食不知味、夜不能寐，一心想著怎麼能救二哥。現在二哥有好轉的跡象，他的開心應該不比我少。

定下了心，我的注意力又集中到現在躺在面前的這兩個人。

「馬老先生，此人是朕的表兄，與朕不亞於親生手足，還望馬老先生一定施手相救！」上官裴懇求道。

「皇上不必多慮。」馬老先生抱拳微微一拜。「老朽是行醫之人，不管病人是什麼身分、地位，能夠救的老朽定當盡全力相救。」

對著皇上，還能用這樣不卑不亢的語調，著實讓人刮目相看，不愧是江湖上人稱「俠醫聖手」的名醫。

「到底怎麼會這樣的？」上官裴轉身詢問身後跟著的京畿營官兵。

一個校尉跨步向前，跪倒在地。「回皇上的話，傅參將奉了皇后娘娘的命，帶著我們去救薛姑娘。在離素莊後山的小樹林約一里的地方追上了阮文帝，阮文帝身邊大約十來個隨從，阮文帝便讓那些隨從殿後，自己帶著薛姑娘繼續跑路。我們被那些隨從纏住了，傅參將就一人驅馬去追，應該在落馬坡追上了阮文帝。接下來發生了什麼，小的就不知道了。等我們消滅了那些人趕到落馬坡的時候，四處找不到傅參將和薛姑娘，我們找了好大一圈，才在坡下的山澗裡找到他們。」

聽到這裡，我的手心早已是汗涔涔。這兩個人一個為了讓我脫身，不惜冒著假冒我被揭穿的後果，讓阮文帝將她獨自帶走；另一個因為我懇求他務必將薛姑娘帶回，不惜隻身犯險，孤身前往營救。現在變成眼前的這副情形，或多或少都與我有關。我不殺伯仁，伯仁卻因我而死。一想到這裡，我的心彷彿被刀反覆在攪一樣的難受。

馬老先生在薛榛榛的人中、少商、隱白三處分別扎了一針，過沒一會兒，就聽見薛榛榛極其輕微的一聲「喲」，人慢慢地緩了過來。

薛校尉也不顧皇上、皇后在場，第一個衝了過去，撲倒在他妹妹的床頭。「榛榛！妳醒啦？大哥在這兒呢，妳感覺還好吧？」

我也幾步走到她榻邊。「榛榛……」只是輕輕地叫了她一聲，眼眶就泛紅了。看到她憔悴的模樣，許多話卡在喉嚨口，人卻哽咽得什麼也說不出來。

只見薛榛榛強撐著抬頭，眼神迷離地掃了一眼周遭的環境與人，臉上呈現出茫然的神色來。看來這一摔摔得不清，到現在還有點糊裡糊塗。她的目光轉了一圈，終於定格在了旁邊榻上躺著的身影上，眼神突然就銳利起來，臉色也由於激動一下子泛出了紅暈。

「傅參將……」她掙扎著要從榻上起來，人卻因為無力，險些跌倒在地。

她哥哥上前扶她，想讓她躺下繼續休息，卻被她一把推開。沒想到她剛剛從昏迷中醒來，這一推倒還有幾分力道，薛校尉不防，一屁股坐在地上。

「傅大哥……」她顫顫巍巍地起身走到傅浩明身邊，一路上都用手撐著沿路的桌椅。

在榻邊緩緩地坐下，她伸手去探他的鼻息，發現他尚有呼吸的時候，她的神色才稍稍鎮定了點。她的手伸向傅浩明纏著白布的額頭，在幾乎就要觸到的時候，卻又將手縮了回來，只是眼光留戀地停在傅浩明的臉上。

這一刻，好像帳篷內沒有其他人的存在，唯有眼前這個昏迷中的男子和床頭跳躍明滅的燭光。

周圍的人也都不忍心打擾她的專注，只是默默地注視著她。

我看著眼前的這一切，心裡早已明白了七、八分。在這樣認真而熾熱的注視中包含了些什麼，我當然清楚。雖然她什麼也沒有說，但是我知道她已經陷入了一個她自己都不知道深淺的網中，而等待她的不知是幸福還是沈淪。

過了好一會兒，她突然想起了什麼，轉過頭來在人群中尋找著，直到她看見了我。

她跌跌撞撞地走過來跪倒在我面前。「娘娘，您一定要救救傅參將！」

我將她扶起來安慰道：「傅參將是皇上的表兄，軍中仰仗的大將，皇上早已吩咐下去要好好治療傅參將了。那位老先生可是天下聞名的神醫，妳放心好了。」我指手指了指不遠處的馬老先生。

薛榛榛聽了此話，像是放下了心，復又掙扎著回到傅浩明的床榻邊，像是自言自語一般地呢喃著。「他是為了救我才這樣的……我不願被阮文帝帶回軍營，心裡就想好了準備跳崖。我讓他先走，可是他卻對我說，無論如何也要把我帶回去，要跳也不能讓我一個人跳。阮文帝的援兵到來，於是他就帶著我一起跳了下去。跳下去的時候，我只聽見耳邊風聲呼呼，還有就是傅大哥緊緊地抱住我，不肯鬆手，連著地都是他先著地的……」

這樣一聽，大家才明白了一切。傅浩明一身武藝卻深受重傷，薛榛榛一介弱女子卻沒有大礙，原來是傅浩明用自己的性命換來了薛榛榛的完好無損。

上官裴聽了此話，突然回頭看向我，只是一會兒的時間，在我看來這探究的目光卻如火把烤灼著我的臉龐。

我只是平淡地看著薛榛榛，儘量保持著平靜，也不回頭去對應上官裴的眼光。

帳篷內的氣氛有些凝重，誰都不知道要說些什麼。

我還在腦海中想著上官裴剛才那一眼究竟是什麼涵義時，門口突然想起了通報的聲音。進來的不是別人，正是張德全。

「回稟皇上，前面有急報！」他湊在上官裴耳邊輕輕地說著。

話音剛落，上官裴的神色驀然一凜，回頭探詢地看了張德全一眼。張德全肯定地點了點頭，就在那麼一刻，我看到了上官裴的眼神裡流露出欣喜的神色來。不過也只是短短那麼一剎，他就恢復了平靜。

「朕還有些要事要處理，這裡就交給佟副將和馬老先生了。」上官裴在眾人山呼萬歲的叫聲中向帳篷外走去。

張德全掀起了帳簾，上官裴半個身子已經探了出去，卻又停下回頭叫了我一聲。「皇后，今天妳也累了，前邊就有些不舒服了，早點休息吧。」

眾人的目光一致地投向了我，弄得我倒有些不好意思，生硬地擠出一句。「多謝皇上關心。」

上官裴走後，佟副將也遣散了眾人。薛榛榛堅持要留下照顧傅參將，我也不想在此刻拂了她的意思，便留下她給馬老先生打下手。

隨後，佟副將帶著我去看望了一下二哥。雖然二哥仍舊昏迷不醒，不過面色倒略有些清朗起來。再加上馬老先生也說二哥體內的毒有消散的跡象，我這一顆懸著的心才微微放了下來。

經過這一天的緊張勞頓，我感到萬分疲憊，佟副將也怕我的身子吃不消，便命孫參將趕緊將我送回了自己的帳篷內休息。

我的帳篷就設在佟副將帳篷的右側，臨時騰出來的一個帳篷，雖不及上官裴所居住的主帥帳篷的豪華，但也算乾淨舒適。

因為軍營裡不便有其他女眷，洛兒暫時被安排到漠城的驛站裡居住，現在薛榛榛不在我的身邊，一時間身邊也找不到多餘的侍女。

孫參將想要去將洛兒從驛站裡喚回，被我阻止了。深更半夜的，想到要把洛兒這個孩子從熱呼呼的被窩裡拉出來，還不知道要噘著多高的小嘴呢。

孫參將也知道我的脾氣，便不再多話，可仍執意要在帳篷外親自守夜。我讓他也回去休息，他卻因為放心不下，直說不願意，我不由微微動了怒，厲聲命他回去休息。

他隨我這一路從上京趕來，為了保護我的安全，沒有好好休息過一夜，而今天又經歷了那麼多，這樣的一天，對所有人來說，都顯得過分地漫長了。

他見我面露怒容，終不敢過分違逆我的旨意，直到安排好了帳篷外的侍衛後，方才一步三回頭地離開。

帳篷內生著火，紅紅的火苗在火盆裡簇簇地跳躍著，讓人心頭莫名的一暖。帳篷外的風聲呼嘯而過，夾帶著細細的雪子，讓人不由得更珍惜這眼前的一團火熱。我脫去了鑲著銀狐裘的外衣，找了個圓凳在火盆旁坐下。看著眼前的明滅，人卻有些出了神了。

今天一天發生了太多的事情，現在靜下來回想一下，竟然生出了些許的後怕。不過不幸中的萬幸，是二哥的情況暫時穩住了。

下意識地，我伸手摸到了自己的肚子。褪去了外衣，隆起的腹部就顯得格外明顯了。想到今天對腹中的小生命陡然產生的那種厭惡感，我的心猛地一涼。我這是怎麼了？我還是原來那個迫切期待著孩子降生的司徒嘉嗎？這過去的幾個月中發生的一切，難道真的可以將一個女人最基本的母性也抹殺掉了嗎？腹中的這個孩子不管父親是誰，不管這個父親對我和我的家族做了些什麼，對於這個孩子來說，他總是無辜的。

想到這裡，我情不自禁地對著隆起的肚子摸了又摸。

幸好，發生了那麼多事，你還在這裡，並沒有因為娘親剛才那不可理喻、沒來由的厭惡就離娘親而去，你還是在這裡不離不棄地陪伴著娘親。也許在今後漫長的宮廷生活中，也只有你和娘親母子倆在一起相依為命了——前提是，如果還有機會活下去。

不知為什麼，上官揚的樣子從心底冒了出來。離開了這些時日，不知道這個小傢伙長成了什麼樣子了？自出生到我離開來漠城，上官揚都是與我同室而居，飲食起居一直是由我親手照顧，而我腦海中對自己孩子將來樣子的揣摩，很大程度上都是從上官揚的小模樣上想像出來的。就是這麼一個念頭，一時間心裡的思念密密麻麻地升騰起來，如網一般纏繞著我，連呼吸都不順暢，巴不得現在就能夠將那個粉嫩嫩的娃兒捧在懷中親個夠。心裡也明白，對於上官揚，還有一份我不願意承認的愧疚。我讓他失去了生母，而我願意用自己的母愛來彌補他。

正出神間，突然帳篷外傳來幾聲悶悶的聲響，將我從自己的思緒裡拉了回來。「怎麼啦？」我下意識地發問。

等了一會兒，卻沒有聽到任何答覆。剛才那幾聲悶響之後，天地間彷彿又恢復了剛才的寂靜。

我警覺起來，回頭想要找蠟燭出去一探究竟，卻發現桌上的蠟燭已經快燒到了盡頭，那最後的一點火苗也彷彿在苟延殘喘一般。

我輕輕摸出了藏在袖袋裡的匕首，慢慢地繞到出口帳簾邊，人掩在掛著大氅的衣架後，想著要撩起簾子向外張望一下。

我還沒有抬手摸到帳簾，帳簾突然就被人從外掀了起來，夾帶著外面刺骨的寒風，走進來一個人。

潔。

禁不起寒風的凜冽，燭火一瞬間就熄滅了。帳篷內頓時一片漆黑，襯得帳篷外的月光分外皎

從衣架後的縫隙側眼看去，我只見到侍衛橫在地上，被人拉著雙腿拖走！

躲在衣架後的我渾身僵硬起來，握著匕首的手都沒有了知覺。隔壁帳篷的佟副將還在二哥的帳篷裡沒有回來，因為不想引起別人的注意，所以孫參將特意沒有在我的帳篷外多安插守衛。本以為大營內必是安全的，可沒想到還是出了紕漏！現在只希望身前的大氅可以將我完全遮掩住，不要讓來人輕易發現。

掀起的帳簾又被放下，帳篷內一片漆黑。

我屏著呼吸，不敢出聲，生怕怦怦的心跳聲在這寂靜的帳篷內顯得過分響亮而出賣了我的位置。

就在這當口，進來的那個人手中的火石突然就被點亮了——

第四十一章 一寸相思一寸灰

點亮的火石幽幽地泛出深藍色的火焰，來人從兜裡掏出一段蠟燭點上，帳篷內頓時亮堂起來了。從我站著的地方看過去，這個高大挺拔的男人穿著我軍的衣服，因為背對著我，我看不清來人的面目，只見他手舉蠟燭環繞著帳篷粗略地照了一圈，便向帳篷中間走去。我騰出來的一隻手緊緊地抓著大氅的一邊，小心翼翼地展開，儘量將自己的身體掩蓋在大氅後面。

來人向前走了幾步，將蠟油滴在了桌上，然後將蠟燭固定在桌子上。隨後自己就在剛才我坐著的那張圓凳上坐下。坐下後，他抬手輕輕拍了拍身上的雪子，然後抬頭看向我藏身的衣架。

「司徒小姐，這樣躲著也是很辛苦的，何不出來坐下說話呢？」

說話的不是別人，正是北朝阮文帝！

我的腦袋「嗡」的一聲成了空白，連最基本的思考都不能進行，反反覆覆地在我腦海中出現的念頭就是——怎麼可能北朝的阮文帝會在夜深人靜時出現在我軍的大營內，出現在我的帳篷內？

他喬裝打扮混入軍營，不偏不倚正好出現在我的帳篷，難道是得了消息知道我在這兒，先前擄我不成，現在又想故技重施？

顯然躲藏已經是多餘，這個帳篷不過這麼點大小，可以藏身的地方也只是我現在所站的這個衣架後，而這樣的隱藏對於面對阮文帝這樣的對手來說，未免有些小兒科了。既然他的話已至此，不如索性出來見他。

於是跨步走出藏身的大鼇後，在正對著他的另一張圓凳上坐下，兩人之間不過相差丈把遠。

自我現身的那一刻起，他的目光就直直地盯在我的臉龐上，如癡如醉的神情，好像當日千林會館裡他看向蒙面的薛榛榛一樣。

「寡人終於等到妳了。」他喃喃自語道，熱烈的凝視未曾減弱半分。「小姐比畫中人更美，活色生香四個字用在小姐身上真是委屈了小姐。」他兀自笑了起來。

像他這樣一個好看的人，襯上這樣由衷的笑，理應是賞心悅目的，可是此時看在我眼裡，卻有種說不出的邪惡。

他口中的畫中人，自然是指多年前他得到的那幅我阿姊的肖像。這麼多年來，他仍舊是對畫中人念念不忘，我不知道是要感懷他的癡情，還是要憐憫他的執迷不悟。

「我不是那個畫中人。那個畫中人已經不在了，死了。」我冷冷地應聲，用最殘酷的字眼奢望著他的清醒，雖然知道這可能只是徒勞。

「連妳也要騙寡人嗎？寡人知道妳沒有死，他們只是讓妳換了個身分繼續活著，要不然這天下怎麼可能有這麼相似的人？」他不信地搖著頭，看著我只是笑，眼神裡還有一絲惋惜，好像怪我騙了他一樣。

「那個畫中人是我阿姊，姊妹相似本來就是再正常不過的事情。我阿姊為了我姊夫殉情自盡了，現在和我姊夫合棺而葬，已經入土為安了。」提起阿姊，我的心裡仍是一陣翻江倒海的難受，強忍著痛將這段話說完。

「妳胡說，妳胡說！妳就是她，就是她！你們都在騙寡人，都在騙寡人！」

他突然狂躁起來，每句話好像都要說兩遍才足以發洩心中的憤懣，一隻手不斷地敲打著桌子，整個人都陷入一種癲狂的狀態。

「寡人為了妳，連江山也丟了。這樣的付出，難道還不足以讓妳對寡人另眼相看嗎？」他的語氣突然軟了下來，看著我的眼睛漸漸濕潤起來，眼神中充滿著無辜的神情，還摻雜著一份哀求，就這樣看著我一言不發，和千林會館中那個氣勢凌人的阮文帝判若兩人。

「江山也丟了？」我輕輕地重複著他的話，不置可否。

「不錯，他為了妳們姊妹倆，連皇帝的寶座也丟了，倒也真算是一個情種了。」帳簾掀起，從外面又走進一個人。

北風捲著雪子，呼啦啦地被吹進好大一片，讓人一時睜不開眼。

待我定睛一看，來人是個高個兒男子，和阮文帝穿著相似的裝束，只是看上去更年輕一點，眉目清秀俊美，並不見北方人的粗獷。我正在詫異他的身分，他倒先開口解了我的疑惑。

「司徒小姐，在下斡丹王子墨吉司查。」他微微欠身致意，在這種時候還是一副風流倜儻的公子哥兒模樣。

「他的側妃吉蘇米連同自己的父親蘇提曼的大可汗趁他在外打仗的時候，發動了宮廷政變，奪取了皇位，擁立了吉蘇米的兒子——他唯一的皇子為新帝。當然了，這可少不了你們的皇帝上官裴的汗馬功勞，派出密使，聯繫兵馬，提供錢財，牽線搭橋。」墨吉司查說這話時一臉嘲諷的笑意，然後在離阮文帝不遠處的榻邊坐了下來。

「他們廢除阮文帝的罪名是沈迷美色，不理國事，為了一己之私慾，窮兵黷武，置黎民百姓生死於不顧，棄江山社稷安危於度外。這幾條罪狀可謂句句都戳中要害，不廢他廢誰？」墨吉司查說完這話竟然笑了起來。很難想像如此漂亮的面容上會呈現出這樣猙獰的笑。「吉蘇米好歹也是他的寵妃了，可是寵愛的理由卻只是因為她的眉眼之間與妳們姊妹有幾分相似而已。她為他生了兒子，他卻明著告訴她，這輩子他都不會冊立她做皇后，也不會冊立她的兒子做太子，因為皇后的寶座是為妳們司徒家的女人留著的，只有妳們司徒家的女人和他生的皇子才可以做北朝的太子，將來的皇帝。他這樣做，不是在逼人造反嗎？這個白癡！」墨吉司查說完後不屑地瞥了阮文帝一眼，隨即看向我。「妳一定很驚訝我為什麼敢在他面前說這些話吧？哈，其實他已經不是原來那個文韜武略、智勇雙全的阮文帝了。自落馬坡他親眼見到妳的替身跳下懸崖後，就瘋瘋癲癲到現在了。自從妳姊姊死了後，他的腦子就不是很清楚了。」

聽了墨吉司查的話，我突然有點同情起對面的阮文帝來。他仍舊保持著熱烈凝視我的樣子，自己還輕聲輕語地說著一些我也聽不懂的話。為了美人廢棄江山，古往今來的史書上看到不少昏君都被後人言辭犀利地指控這一罪狀。我沒有想到，有一天，我也會成為讓君王廢棄江山的那個美人。

「既然他已經是廢帝了，那你還帶著他來這裡做什麼？」我轉頭問墨吉司查。

「說他瘋癲其實他也不是完全瘋癲，他在出征前竟然藏了傳國玉璽，並且沒有告訴任何人他藏在了哪裡，看來他也預感到宮廷內潛伏的危機重重。沒有玉璽，新帝是沒有辦法讓分散在各郡的王爺們信服的。所以吉蘇米太后……」說到這裡，墨吉司查嘿嘿乾笑了兩聲。「吉蘇米太后拜託我來跟他查問玉璽的所在。事到如今，他念念不忘的還是要妳，所以我答應了他帶他來找妳，將妳和他送去安全的地方後，他自然會將玉璽交給我。只要有了妳，他對皇帝的寶座倒也沒有什麼留戀。」

「你是怎麼找到我這裡的？」我提高嗓音問他，希望可以引起別人的注意。

「妳這樣的美人，出現在什麼地方都是焦點的中心。要找到妳，並不難。」墨吉司查還是慢條斯理的樣子，好像並不擔心現在會有人闖進來。「妳的皇上現在有要事要忙，又納了新妃，無暇顧及這裡也是正常。而西大營裡所有的人都在司徒大將軍那兒，要到妳這裡來可說是輕而易舉。」

話音剛落，墨吉司查就站起身朝我走來。

「司徒小姐，那我們就抓緊時間上路吧。」

他伸手去抓我的手腕，我向後躲去，卻發現無路可躲，右手手腕被他一把抓在手中。我在那裡掙扎，他立馬就在手上加大了力道，我的手腕頓時像被折斷一樣，痛得我連眼淚都要流出。

「本王對你們司徒家族的美人們向來沒有什麼好感，妳這副弱不禁風、嬌滴滴的模樣在我這裡一點用處都沒有。」他沒有絲毫憐惜之情，口氣如惡鬼般凶狠。「妳要是老實呢，就乖乖跟我走，否則，我就只能用藥了。」他瞥了一眼我的肚子。「這藥要是用了，妳肚裡的孩子可是鐵定沒有了。」

斡丹人向來擅用各類毒藥、迷藥，若是被他弄暈帶走，那我就完了。但是此時此刻我一個人面對著他們兩個大男人，要反抗定然是沒有辦法的。開口求救恐怕也不行，怕是還沒有讓人聽見，他已經下手將我制伏。我盯著他的臉失神，只見他薄薄的唇向兩邊延展開去，似曾相識的笑容，在那電光石火的剎那讓我想起了什麼。

「你……你是我那失散多年的堂兄？」我試探地問出口，雙眼緊緊地盯著他的面部表情，生怕漏過任何點滴的變化。

聽到這話，他的瞳孔彷彿被針扎了一樣，一下子收縮，眼睛狠狠地閉上卻又馬上就睜開。我還沒有反應過來，他已經反手一巴掌向我打來。我躲避不及，右邊的臉蛋結結實實挨了這一巴掌。這一擊他必是用了十足的力道，打得我頭暈目眩，人向後仰面跌去，重重地摔在地上。

這一跤跌得十分的重，我只覺得渾身的骨架像鬆開了一樣，小腹更是沈沈地往下墜，人卻疼得連支起身子察看一下的力氣都沒有。可是此時我的腦子卻比任何時候都清醒，他反應如此劇烈，那就說明我的猜想是對的。

我在小時候聽阿姊跟我說過二叔以前的故事。二叔那年還跟在小爺爺身邊征戰南北，有一次為了偵察軍情，二叔喬裝打扮混入了斡丹，卻在陰差陽錯下和當時還是公主的斡丹女王結識。兩個年輕人不知道各自的身分，卻身不由己地陷入了愛河。二叔當時還幼稚地想著能夠有一天在征服斡丹後，將美麗的戀人帶回中原娶回家。

二叔在他的成名戰阿裡橋大捷中一人一馬單挑斡丹國王，將他斬於馬下。可他沒有想到，在再次面對斡丹復仇的大軍時，他看見了自己的愛人站在軍旗下指揮，從此刻骨銘心的愛人成了不共戴天的仇人。

二叔幾次想和斡丹女王重修舊好，都被對方嚴詞拒絕了。後來斡丹的女王怎麼會突然間就有了身孕，阿姊並沒有告訴我詳情。但是從阿姊秘而不宣的態度來看，二叔一定是用了什麼不光彩的手段。反正後來再有消息傳來的時候，就聽說那斡丹女王生了個男孩。聽家裡的姑姑們私下裡說，從來不喝醉的二叔那天喝得爛醉如泥，睡了三天三夜才醒。

後來二叔終於率著百萬鐵蹄踏破了斡丹的都城時，斡丹的女王用匕首在二叔面前含恨自盡。一對本來的有情人終於以這種天人永隔的方式結束了幾十年的恩怨。塵歸塵，土歸土，從此不再相欠。而那個孩子，卻不知道事先被斡丹女王藏到了何處，二叔苦苦尋找了多年，都沒有找到孩子的下落。二叔從此心灰意冷，在最春風得意馬蹄急的輝煌時期辭官歸隱，至今除了父親外，連我們都不太知曉他的下落。

看著墨吉司查那兩片和二叔如出一轍的薄唇，我越發相信我的猜測是對的。那就解釋了為什麼這個人雖然身為斡丹貴族，卻長得十足像中原人士。為什麼年紀輕輕的他本和司徒家族沒有打過什麼交道，卻對司徒家恨之入骨，為什麼心心念念想的就是要報仇。

小時候二叔曾經教過我一些斡丹語，在這個危機時刻，早已被我忘卻的語言卻神奇地在我腦海中清晰起來。我想起來了，「墨吉司查」在斡丹語中是「永恆的思念」的意思。身體的疼痛從某種角度來說激發著我的鬥志，我看出眼前這個男子對他自己的身分是種既痛恨又迷戀的心態。也許從小他那個對著我二叔愛恨交加的母親給他灌輸的也正是這樣一種想法，他的名字不正說明了一切嗎？也許這正是我可以尋求擊破他防線的軟肋。

我強忍著痛說道：「其實這麼多年來，我二叔一直在找你。他一輩子沒有娶妻，連個服侍他的侍女都不要。他放著極致的榮華富貴不要，一生都過著苦行僧般的日子，我想他希望至少可以以這個方式對你們母子贖點罪。無論你怎麼痛恨我和我的家族，你的身上都流著和我一樣的血。你是我堂兄，這點連你自己都不能改變。」

「妳閉嘴！」他的聲音低沈壓抑，眼神滿是痛楚。

我看出了他的猶豫，斷然不肯在這一刻放棄爭取他的最後機會。我還想再說些什麼，他卻突然像失去控制的野獸一樣向我衝了過來，伸手就拽著我的頭髮，將我的頭朝翻落在一旁的圓凳上撞去。只是那麼一撞，我就感覺到有鹹腥的液體黏糊糊地從我的額頭噴濺出來，一下子就蒙住了我的眼睛。奇怪的是，我除了感到頭暈以外，倒並不覺得疼，只是覺得眼睛睜不開，看什麼都不清楚，挺礙事的。

我抬手去抹自己的額頭，湊到眼前一看，整個手掌都是猩紅的一片。墨吉司查看到我額頭一下子湧出這麼多血也有點發懵，手不知不覺鬆開了我的頭髮。他一鬆手，我就像一個斷了線的木偶一樣飄落到地上。額頭上的血還在汩汩地流著，渾身上下每個關節都傳遞出疼痛的訊息，可我卻連呻吟的力氣都沒有，只如一片秋後的殘葉一樣，一動不動地躺在地上。腦中突然閃現過這麼一個念頭——也許漠城便是我的終結。

一個念頭還沒轉完，眼前突然晃過一個人影。剛才還在桌邊發呆的阮文帝突然向還蹲在我面前的墨吉司查衝了過去，一下子掐住了墨吉司查的脖子。

「不許你打她！不許你打她！」阮文帝尖著嗓子叫著，聲音很響，好像根本不在乎會被別人發現。

只見他雙手用力地卡住墨吉司查的咽喉，死命地搖著。墨吉司查根本不防，被阮文帝順勢撲倒在地，阮文帝整個人都幾乎要騎到墨吉司查的身上。看上去阮文帝整個人已經完全瘋狂，在我印象中這麼溫文爾雅的男人，現在竟然像極了一頭餓瘋了的獅子。

墨吉司查的臉被阮文帝摁在地上，離我的臉不過一尺的距離。他整張臉都脹成了紫紅色，眼球也彷彿要爆了出來。只要阮文帝再多用一點力，墨吉司查必死無疑。可是我怎麼能眼睜睜地看著他死在我的面前呢？他是我二叔留下的唯一骨血，我二叔這十幾年來一直都在尋找他的下落，如果他死了，那我二叔也活不下去了。我不能讓他死，我不能！我不知道從哪裡來的力氣，慢慢將自己的上身撐起。我環顧了一下四周，根本沒有什麼東西可以被我用來擊倒阮文帝。突然，我意識到我的右手袖兜裡仍然握著二叔給我的那把匕首。

我也顧不了那麼多，使出了身上吃奶的勁兒，朝阮文帝的背上扎去。

我終究不過一介女流之輩，何況又受了傷，匕首只一半扎進了他的身體，片刻後方才有殷紅的鮮血慢慢從他身著的衣服裡滲開來。只見他鬆開了掐住墨吉司查的雙手，緩緩回頭看向我。

第四十二章　算未抵人間離別

他的身子轉向我，直直地對上了我的眼睛。燭光的映襯下，他的眼神如不小心跌入陷阱裡的小鹿，清澈無辜之餘還夾帶著迷惑不解和哀怨害怕。他伸手摸了摸自己的背，放到身前來細細地看。滿手的鮮血，在他白皙的皮膚上格外刺眼。他扯動嘴角向我擠出一個笑容，伸手朝我張開雙臂。起初我驚恐萬分，一心只想往後退，可看著他的臉，不知為什麼，心裡有一股酸酸的勁兒往上湧，人只是僵在那裡不能動彈。

他看到我向後退，神情一下子黯淡下來，只是呆呆地愣在原地，任由背脊上的血向外流，沒一會兒就染紅了外衣。終於他不支，晃晃悠悠地就要向後倒去。鬼使神差地，我也不知道在那一刻什麼支配著我，就在他即將觸地的剎那，我上前接住了他，他整個身子就直直地落在了我的懷裡。

血已經不再從我的額頭流下，只是血污黏住了我的頭髮，硬邦邦地貼在臉上，我想此刻的我在別人眼裡一定如鬼魅般駭人。我低頭看向懷中的人，他也目不轉睛地注視著我。他看向我的眼神溫柔而恬靜，充滿著好比久別的戀人重逢後的喜悅。

「妳終究……還是在乎我的……」他艱難地開口，每個字都好像含在嘴裡一樣聽不清楚。

「這樣也好……」

他的話被劇烈的咳嗽聲打斷，他咳得越是厲害，我托在他背後的那隻手越可以清楚地感覺到血正加速地流出。

好不容易他停止了咳嗽，這才繼續道：「這樣也好，我若是能夠死在妳手裡，妳至少會一輩子記得我……」

無聲無息中，眼淚從我的面頰滑落，我甚至都不明白我為什麼要落淚，淚水已經不期而至。「你不會死的，不會的……」我哽咽著說出這句話，卻連自己都不能說服。

帳簾被掀起又被放下。

匆匆抬頭，我看到上官裴熟悉的身影站在帳篷入口處，身後跟著一大群隨侍。不過是匆匆一瞥，我只看見他一臉的驚懼。

「嘉兒！」嘶啞的一聲喊出，他的聲音都在顫抖。他一個箭步衝到我的身旁。「妳沒事吧？」

好多侍衛湧入了帳篷，帳篷內被火把照得通亮。阮文帝的頭仍然歪斜在我的懷裡，我這時也顧不了那麼多了，輕聲地對身邊的上官裴說：「麻煩讓馬老先生過來看看。」

「噓……」懷中的阮文帝朝我做了個噤聲的動作。「聽我把話說完，如果我再不說，就沒有機會了。」他又咳嗽，這次血從他的嘴裡冒了出來。「我一直活在自己編織的夢中，從五年前第一次見到那幅畫像開始。我都不知道這一切是怎麼開始的，等意識到的時候，自己早已是深陷其中，無法自拔。日以繼夜，我的腦海中只有她的影子，食不知味，睡不安寢，過著行屍走肉般的生活。我也不想這樣，可是我沒有辦法控制。」

我只是不停地點頭，眼淚噗噗地落下來，一些滴在他的臉上，在燭光的映襯下晶瑩剔透。他說的阿姊的好，我比任何人都清楚。

「我為了得到她，發動了一場根本就沒法取勝的戰爭。這樣的以卵擊石，我只求她能夠知道有個人也愛著她。雖然到後來，這一切都成了別人口中的笑話……」他又劇烈地咳嗽起來，每咳一次，嘴中的血就不斷湧出，臉色也更顯蒼白。「但我一直都相信她會明白的……後來她死了，我的心也就跟著她去了。再後來，某個人給我寄來了妳的肖像，那活脫脫就是她鳳凰涅槃，死而復生。我想，這次不能再錯過了，否則就真的什麼都遲了……」

他的聲音越來越低，到最後幾乎化成了呢喃。

躺在一邊的墨吉司查嘴裡發出了幾聲咕嚕聲，人還是像具死屍般一動也不動。

「不過還是遲了……」懷裡的人說完這句話開始笑起來，淺淺的笑浮在他臉上，好像戴著面具一樣。「今天能夠死在妳手裡，我想妳應該會永遠記得我吧？不管怎麼樣。」

我知道他是對的，他是我這十八年的人生中第一個也可能是唯一一個親手殺害的人，我永遠都不可能忘記今天的這一切，包括他。

「我不會忘記你的，永遠不會。」強忍著淚水，我看著他的眼睛，平靜地說出這句話。

聽了這話，他的笑容更深了一些。「好，我要聽的不過是這句話。」他頓了頓，又細細地看了一遍我的眉眼。「今生不能做夫妻，我會在奈何橋邊一直等著妳。我們來生做夫妻吧……」

他最後一句話說得極輕，差一點在飄到我耳朵裡之前就煙消雲散了。

話音剛落，他猛地推開我的手，整個人就向後重重倒下。他的背脊狠狠地砸在地上，只聽到「噗哧」一聲，我知道那把鋒利的匕首已經完全沒入了他的體內。他在閉上眼睛前又掃了我一眼，然後便再沒有聲息了。

我連喊出聲音的機會都沒有，就眼睜睜地看著他的最後一縷生息在我的面前消失。壓抑的淚水叫囂著要衝出眼眶，身體各處都在呼喊著疼痛，可是呈現在臉上的只是木然和冷漠。

我抬頭看向上官裴，輕輕地說了一句。「他死了。」

我看見上官裴的嘴角扯動了一下，像是在說些什麼，我卻沒有聽到絲毫的聲音，然後自己就眼前一黑，什麼也不知道了……

一陣陣的冷汗將我的身子浸濕了一遍又一遍，朦朧中，我感覺到有一隻大手一直不時輕輕地搭著我的額頭。

黑暗中，阮文帝的影子像鬼魅一般地向我襲來，我無處可躲，被鬼影逼到了角落裡。

阮文帝聲嘶力竭地在我背後叫囂著——

「妳不能留下陪我，那就把妳的孩子留下吧，把妳的孩子留下吧！」

我心裡的一個念頭就是快跑，心裡害怕得緊，人漫無目的地在黑暗中四處躲閃。我想大聲叫人求助，聲音卻卡在喉嚨裡怎麼也發不出。我就這樣在黑暗的迷宮中一路狂奔，卻找不到出口。

如此的惡夢重複著一遍又一遍，像是沒有盡頭……

「娘娘、娘娘……」

恍惚間，我聽到了在黑暗的盡頭有一個熟悉的聲音在呼喚著我，我向著那個聲音的方向跑去，跑了很久，渾身的力氣彷彿都要用盡了，才隱約看見前方出現了一點微亮。

緩緩睜開眼睛，眼前湧動著好幾個人影。榻邊的桌子上擺著一盞燭燈，套著遮風罩的燭火安靜地在那裡燃燒著，散發出喜人的黃暈。

我聽到輕微啜泣的聲音，循聲望去，就看見薛榛榛坐在榻邊的小圓凳上，看著我直抹眼淚。看見我醒來，她開心地輕呼了一聲，忙止住了淚，回轉身擦去了眼角的淚痕。

「皇上，娘娘醒了。」她再次開口，聲音已經恢復了大半的平靜。

皇上？我向身邊望去，坐在榻邊的人正是上官裴。

我轉過頭去時正對上了他的雙眼，他的眼睛布滿了血絲，像是幾日幾夜都不曾合眼一樣。我想起身，卻感到渾身痠痛，沒有半絲力氣。轉動身體的當口，我發現自己的左手正被他握在手中。

他連忙上來按住我的肩頭。「妳好好躺著別動，聽話！」他的口氣半是緊張，半是威逼。話只說了一句，他的眼眶倒莫名地紅了。我看見他迅速地轉過身去，不想讓我看見他的失態。

「都昏迷了三天四夜了，這總算是醒了！我得趕緊告訴大將軍去！」

不用看，我就知道那是佟副將的聲音，他的平南口音很有自己的特色。

「我都睡了那麼久了？我還好嗎？」我喃喃自問，突然想起了夢裡的情景，我脫口而出，問道：「我的孩子還好嗎？」

清晰的，我感覺到上官裴握著我的手下意識地緊了一下。我的心頭頓時升起了不好的預感，轉頭看向他。「皇上，孩子怎麼樣了？」

他看向我，欲言又止。「皇后……」他只說出了這麼一句，便說不下去了，求助似地看向身邊的人。

「娘娘，您年紀還輕，以後有的是機會。」開口的是馬老先生。他提著醫箱站在門口，語氣雖平靜，但透著淡淡的遺憾。

聽到他的話，我的心已經涼了一大截。我仍舊盯著上官裴。「皇上，臣妾的孩子呢？孩子呢？」

他的眼眶瞬間又紅了，另一隻手也圍了上來，攏住了我的手，沈默了半天才擠出一句話。「嘉兒，別這樣。」

我輕輕地轉了下身子，下半身痠麻得幾乎沒有知覺。我用另一隻手探向自己的肚子，肚子已經平癟了下去，先前的隆起不見了蹤影。我強用力掙扎著要坐起，才剛起身一半，人已經沒有了力氣。眼看我軟綿綿地就要倒下去，身前的上官裴一把將我抱在懷裡。

「妳先前大失血，能把妳救回來已經是萬幸。孩子雖然沒了，可妳總算是沒事。我們兩個年紀都還輕，將來還會有很多皇子皇女的。」他只是緊緊地擁著我，一隻手在我的背後輕輕地拍著。

聽到這話，我終於確定了心中最擔心的事情。像個孩子般的，我突然就放聲大哭起來。我感覺到上官裴抱著我的胸膛在那一刻一緊，然後就更加用力地抱著我，任由我在他的懷裡失聲痛哭，任由淚水染濕了他的衣襟。

自從阿姊去世後，我再也沒有如此痛快的嚎啕大哭過，這一刻，過去歲月裡所有的苦痛委屈都爆發了出來。上官裴的胸膛在此刻就好比一個躲避風雨的港灣，我可以不用去考慮別人的眼光、宮廷的禮儀，毫無顧忌地在他的身上哭出自己所有的傷痛。

這一刻我等了好久。

也不知道哭了多久，直到自己哭岔了氣，幾乎暈厥，直到體內所有的水分好像都已經傾瀉而出，眼睛再也不能產生一滴淚水了，我才哽咽著止住了哭。雖然哭聲停止了，但是人仍舊是一起一伏地抽著氣。

我的頸間有些潮潤，涼涼地一路迤邐下來，我知道那是他的眼淚。他仍是緊緊地將我抱在懷裡，這個和我曾經一起擁有過那個孩子的男人，我想此刻他可以體會我的悲痛。

他輕輕地擁著我彎下身，將我小心翼翼地放在床榻上後，才抽出自己的胳膊。莫名地留戀起他的臂彎，我抱著他脖子的手稍稍加了點力氣。

他好似也感覺到了我的不捨，在我耳邊小聲地說道：「我不走，就陪在妳身邊。」話畢，他體貼地替我掖好了被子，然後吩咐薛榛榛將給我準備好的食物端上來。

薛榛榛在我的背後墊上幾個軟墊，剛想要坐到榻邊餵我吃粥，上官裴卻擺了擺手，親自端起碗要餵我。

「很燙，妳慢慢吃。」他的聲音很輕，像哄孩子似的溫柔。

我剛吃了沒幾口，就看見張德全匆匆走進來，一副有話要說的模樣。

上官裴見狀，揮手讓身邊的人都退下。

等到屋內的人都走盡了，張德全這才走近幾步，小聲地說：「回皇上的話，北朝的軍隊已經完全撤回了邊界以北，其他叛軍也陸陸續續地開始撤軍了。還有就是，阮文帝的玉璽找著了。皇上英明，這玉璽果然被阮文帝藏在了他為先皇后所建的衣冠塚裡。」說完，張德全從隨身攜帶的包裹裡摸出一方用黃綢布帕包好的東西呈到上官裴面前。

上官裴接過東西，揭開布帕，在燭光下凝視這象徵著終極權力地位的玉璽。注視了好一會兒，這才幽幽地說道：「也是一個癡心的人啊！不過為了妳阿姊，也算不枉他癡心一輩子。」

這是許久以後，我再次聽到從他口中說到阿姊，只是平淡的口氣，與我想像中的深情差了不少。我抬頭想從他的神色裡揣摩出他的一點心思，他卻轉過身對張德全吩咐道——

「收好吧，將來還有用得著它的地方。你退下吧，朕要和皇后單獨待上一會兒。」

張德全應了一聲，接過玉璽向我們請了安，便向帳篷外退去。

他還沒有走到帳簾的地方，上官裴又叫住了他。「你去幫朕準備一下吧，朕今晚就歇在皇后這裡了。」上官裴邊說邊伸手將剛才的那碗粥端起，握在手裡，試了試溫度，才對著我笑意盈盈地道：「現在冷熱差不多了，妳多吃一點吧。」

「皇上，今晚縉南公帶領著京畿營所有的將領設了慶賀的酒席，宸夫人也為今晚特意準備了節目要為皇上您慶祝……萬歲爺要不要先過去看一下？」張德全猶豫了一下，還是將這話說出了口。

「你到縉南公那裡去傳朕的話，說是多謝他的美意。不過皇后娘娘大病初癒，今晚朕就不過去了，來日朕再設酒席款待他們。」他的目光還是停留在我這裡，看見我一口將調羹裡的粥吃下，不禁微微笑了下。

「皇上，既然縉南公還有各位功臣將領都已經在等您了，臣妾這裡已經沒事了，皇上就先過去吧。」

「妳只管吃完這粥，然後好好睡一覺。朕今晚就在這兒陪皇后，哪裡都不會去，皇后也不用勸了。」

他的態度堅定，不讓我多說，又將另一口粥遞到了嘴邊。

張德全自然是個懂得看臉色行事的人，應諾了一聲，便退了出去。

不一會兒，上官裴明黃色的床褥被送來了我的帳篷，一個管事的姑姑在我的榻邊為他鋪好了寢具。

餵我吃了湯藥，再幫我洗漱妥當後，他才在我身邊躺下。

帳篷內吹滅了燈，只見外面侍衛的影子綽綽地映在帳篷上。

與他很久沒有如此親密過，我不習慣這樣的獨處，翻身背對著他。他與我之間估摸有一個拳頭的距離，帳內一片安靜，只聽得到對方的呼吸聲。

「嘉兒。」他在我耳邊輕輕地叫著我。

我不知道他要對我說些什麼，也不知道自己應該怎樣回應他，於是索性裝睡。

「嘉兒？」他又喚了我一聲，見我仍然沒有反應，他便不再作聲。

過了好一會兒，我才聽見他輕輕地嘆了口氣，然後便不再有動靜。

我剛朦朦朧朧有了些睡意，突然感覺到身後的人從背後輕輕摟住了我，他的手臂穿過了我的臂彎，將我整個人攏在懷裡。我可以感覺到他的臉就挨在我的頸脖處，他的呼吸潮潤著我的肌膚。

我的心一緊，整個人如被施了定形術般僵硬，不能動彈。

「我以為我差點失去了妳……」

他這句話說得極輕，我感覺到他將頭深深地埋在我的頭髮裡，幾乎要將他的聲音完全地隱沒了。

他的人又靠近了我一點，將我緊緊地摟在懷裡，不再出聲。

一行清淚，悄無聲息地從我的臉龐滑落，而我的頸脖處也是一片濕潤。

第四十三章　水闊魚沈何處問

等我再次醒來的時候，上官裴已經不在我身邊了。只有薛榛榛坐在身邊，一看見我醒來，馬上就忙乎了起來。

「傅參將怎麼樣了？」趁著她與我不多的獨處當口，我問道。

不出意料，一提到傅浩明的名字，薛榛榛的臉刷地一下紅了起來。

「馬老先生說，傅大哥本身體質很好，恢復得要比常人快許多。這幾日已經能進米粥一樣的食物了，能吃東西，這人就好了大半了。」說到這裡，她臉上的欣喜顯而易見。

「那妳就好好照顧他吧，他救了妳一命，將來要妳回報的地方還多著呢。」我的腦海中早已有了主意，若是能夠成就這一段姻緣，對大家都是有百利而無一害的。

薛榛榛的臉越發地紅了，只是轉身裝作在忙其他的事情，不理會我在說什麼。

我看著她手忙腳亂的窘樣，忍不住笑出了聲。她被我鬧不過，索性徑直走出了帳篷。

就在這當口，帳簾掀起，我看見二哥被佟副將和章先生扶了進來，馬老先生尾隨在後。二哥雖然不如我印象中的生龍活虎，臉色還是有些枯槁，可這是我來漠城後第一次見到能夠直立行走的二哥，人一下子就有些激動起來。

「二哥哥！」我還是如在家時分一樣地叫他，眼淚已經不由自主地奪眶而出。

「傻丫頭，哭什麼？」二哥在我的榻邊坐下，伸手替我抹乾了眼淚，看著我直傻笑。「這次真是難為妳了。所有發生的事情，我都聽書斐說了，妳……」二哥頓了頓，伸手撩開我額頭的一些散髮，察看了一下我額頭的傷勢。「妳不愧是我們司徒家的姑娘！」

我聽得出，他的話裡雖有心疼，但也滿是自豪。

「二哥哥，我沒有把孩子保住……本來家裡還寄望於這個孩子的……」說到孩子，我哭得更加傷心，不知道更多是因為失去了孩子，還是辜負了家人的殷切期待。

聽我說到孩子，二哥臉上突然浮現出焦慮的神色來。「關於這個事情，馬老先生發現了一點不尋常的情況來。」二哥說話的語氣頓時嚴肅了起來，邊說邊向佟副將使了個眼色。

佟副將和章先生意會，齊齊出去在外面守候著。

我看這情形，像是十分要緊的事情，也不禁坐起了身子，看向馬老先生。

「娘娘這胎沒了，是壞事倒也是好事。」馬老先生不緊不慢地說道：「娘娘可知自己身中奇毒？」

說到我中毒的事情，我的思緒又被拉回了景秋宮的那個秋日，心中不禁不寒而慄。

馬老先生看我的神情，大致也猜出了幾分，便繼續道：「按理說，娘娘中的毒性不淺，若是發作的話，從中毒之日起到發作，最多不過半年的光景。娘娘之所以能夠撐到今時今日都沒事，那是因為胎兒的熱性壓制了毒素的寒性。但是一旦娘娘分娩，順利產出嬰兒，那也就是這毒藥索命之日。可是現在胎死腹中，這寒熱二性在娘娘的體內自然綜合，這毒就這樣被解了。這胎兒雖然沒了，可娘娘的性命是無虞了。所以這樣說來，倒也算是塞翁失馬，焉知非福。」

我心裡忍不住又是一陣悲慟，沒有想到，我這個做母親的沒有辦法保護他，而還未降生的他卻犧牲了自己救了我的性命。

強忍著淚水，我問道：「這些事情，本宮略知一二，不知道大將軍所說的不尋常的情況指的是什麼？」

馬老先生看了我二哥一眼，二哥點了點頭，他才繼續道：「娘娘中的毒，確實不尋常啊！這可是江湖上失傳很久的天彤砂，合著這一次，連老夫這輩子都只親眼見過兩次。天彤砂無色無味，使得下毒極為方便。而且天彤砂可以根據配毒之人的需要按照不同比例配製，所以除非配毒之人親自給出解藥，外人是絕沒有辦法破解的，於是這天彤砂也成了獨步江湖的一門絕學。流傳了這麼久後，現在真正還能配出天彤砂的，普天之下只有一家了。」

說到這裡，馬老先生不再言語。

我當然也明白了他的意思，既然只有獨門一家可以配製出這天彤砂，那麼究竟是誰要加害於我，眼看已經呼之欲出了。

「馬老先生，但說無妨。」二哥的語氣有些沈重。

「這普天之下還能配製出天彤砂的，只有百康軒一家了。而且……」馬老先生神色凝重。

「非百康軒鮑姓子孫不能。」

什麼?!剎那間，彷彿有一盆冰水徹頭徹尾地澆在我的身上。我看向二哥，二哥也是一副愁眉不展的模樣。

這怎麼可能？

百康軒的鮑家？

我大嫂鮑文慧的鮑家?!

塵封已久的思緒突然被拉回了那個充斥著龍涎香和麝香獨特氣味的早晨，我被那一碗湯藥幾乎逼入絕境。那天的每個細節，在此刻漸漸清晰起來。當時鄭太醫信誓旦旦向我保證，加害我的藥絕非出自太醫院。時至今日，我還能一字不差地想起鄭太醫對我說的話——

「熬這湯藥其實並不複雜，其主要材料便是麝香和龍涎香。只要能夠取得藥材，稍懂醫理的人都可以熬製。但這兩種藥材都因極其稀有而異常昂貴，據微臣所知，除了太醫府，京城裡只有老字號大小百康軒才齊備這兩種藥材。」

又是百康軒？兩次我深陷險境，都是牽涉到百康軒。難道這只是純粹的巧合嗎？當時我對這一線索完全忽略不計，是因為根本沒有想到我大嫂一家會害我。而今天百康軒又一次不合時宜地出現在它不該出現的地方，這就不得不引起我的注意了。

可是若大嫂一家真的牽涉其中，那究竟是為什麼呢？大哥究竟知道不知道其中的原委呢？若是不知情，一旦將這事情抖了出來，司徒一家將來又要如何和鮑家相處下去呢？一連串的問題盤繞在我心中，都是我想破腦袋也無法尋得答案的。而一天不揭開其中的緣由，那我的心就一天都得不到安寧。我實在沒有辦法忍受我至親的家人要害我的這個可能，連這個念頭的存在都讓我心驚膽戰。

我看著二哥，他也是同樣的一臉凝重。身為司徒家的人，突然面對著這樣一個讓人左右為難、舉步維艱的狀況，想必他的心頭也如我一般，壓著一塊大石頭。

我突然又想起了一件事要和二哥確認。「二哥，當日我來探望你，你正昏迷不醒，可我卻清楚地聽到你說了一句『小心上官裴』。」說到這裡，我刻意壓低了聲音，雙目卻緊緊盯著二哥的表情，唯恐遺漏了什麼細節。

二哥看向我，一臉茫然，好像完全記不得那天的情形。那句困擾了我多日的話，看來只是二哥神智不清時的一句胡話。想到這裡，我不禁有些失笑，果然是因為心裡忌憚著上官裴，所以看什麼都有些疑人偷斧的感覺了。

稍後的幾日，陸陸續續傳來了各種消息。

阮文帝唯一的皇子皇袍加身，登基做了北朝新一任的皇帝。他的母親，阮文帝的側妃，被冊封成了太后。也許上官裴用那個玉璽還有先前給予這對母子的恩惠做了筆合算的買賣，北朝自願成為了我國的附屬國，每年都會向上官裴進貢比以往各年都要豐盛的物產，還要乖乖替上官裴打理北疆。

墨吉司查被擒，沒了他領導的斡丹，流亡貴族們很快地就投降了上官裴，領了封地，開開心心做他們的王爺去了。其他的北疆小國們各自得了些好處，不但不再提造反的事，反而對上官裴感激涕零，個個覺得上官裴是天上有地上無的千古明君。

這樣不費多大力氣就平定了叛亂，降服了敵國，一時間，上官裴的威望聲譽達到了前所未有的頂峰。

在這樣萬民景仰的歡呼聲中，上官裴終於要班師回朝了。出人意料的是，他並沒有要求二哥與我們同行回到上京，反而以大將軍傷勢仍未痊癒，需要靜養為理由，讓他暫時留在漠城。回京述職的事，竟然被上官裴輕描淡寫地就一筆帶過了。放著這樣好的機會不利用，我不禁對上官裴的心思有了別的想法。他是以此向我和司徒家示好嗎？還是他以為以今時今日的風光，司徒家對他的帝位不再構成威脅了呢？

「妳定是奇怪我為什麼不把國舅爺召回上京吧？還在想著我是不是又有什麼壞主意要加害你們司徒家嗎？」

這回京的途中，除了偶爾他會與將領們一起騎馬，大多數時間都是和我共坐一輛馬車。此刻他正坐在我身邊，愜意地喝著杯中上好的青稞奶茶。科爾沙皇室才能享用的青稞奶茶果然名不虛傳，芳香四溢，沁人心脾。連胃口不佳的我，也是飲了一杯不能罷手。

「臣妾不敢。」我仍舊恭恭敬敬，一如往常。

「妳心裡面要是真想著臣妾不敢，我倒要奇怪今天皇后是怎麼回事了。」他放下茶杯，看著我抿嘴直笑。「皇后雖說不是普通人家的姑娘，可是也得偶爾把我這個丈夫的話當真啊！不是說出嫁隨夫嗎？」說完這句話，他竟然自顧自地笑出了聲。

我詫異，自從那次受傷以來，他與我說話的口氣一點都不像帝后之間平日裡的交談，更多的是像尋常百姓夫妻之間的嘮家常。以前我看廚房的蘇姑姑和花匠錢叔之間就是這麼說話的。

我還在出神，他的人已經向我靠了過來。伸手輕輕一攬，我已被他攬進了懷裡。自我受傷以後，他似乎更習慣與我近距離的交談。

「妳是司徒家的皇后，我是上官家的皇帝。先祖皇帝早已下過聖旨，帝后之間一定要恩愛美滿，我們雖然開始的時候走岔了路，不過也許還不算太遲吧。」

他將下顎頂在我的額頭，我可以清晰地感覺到他的胸膛隨著說話的節奏而起伏，貼著他的胸，可以清楚地聽到他的心跳得好快呀！

「皇上說的是。」我仍舊不改恭敬。

「妳昏迷不醒的那幾天幾夜，連馬老先生都不敢確定妳是否可以熬過這關，我這才發現自己的心……」他停下來看了看我，眼神熱烈，好一會兒才又繼續道：「自己的心像被人掏空了一樣。以前從來沒有這種害怕的感覺……是的，是害怕。那幾天我一刻都不敢閉眼睛，生怕萬一閉上了眼睛，妳就會離我而去。我已經失去過一次……」說到這裡，他突然停了下來。

不用猜，我也知道他說的失去指的是阿姊。那種失去愛人的痛苦，我雖不能完全體會，但也可以想像。我只是在他懷裡靜默著，想給他一份空間緬懷逝去的故人。無意中我搶走了阿姊的愛人，這刻他們的心靈際會我不會也不想去打擾。

也不知過了多久，他才繼續道：「昨日種種譬如昨日死，今日種種譬如今日生。我以前可能對妳不夠好，讓妳受了不少委屈，但是妳也讓我吃了不少苦頭……」

說到這裡，他又看向我，我自然明白他要說什麼，被他瞧得臉發燙，我復又低下頭去。

「但是出自司徒家的皇后應該也明白，生在帝王家有很多的無可奈何。皇后不僅是皇后，還代表著妳的整個家族。至尊皇權之下，身家利益之前，很多事情都顯得蒼白。本來我們會有一個美麗聰明的皇兒，可惜這個孩子沒有福氣。」說到逝去的孩子，他的語氣有一絲哽咽。「不過還不算太遲，我們都還年輕，以後還有的是機會。以前因為妳也知道的原因，我對皇后的家族一直心存芥蒂，甚至也動過其他念頭。可這次司徒將軍捨身救了我，才讓我如夢初醒。這個天下是上官家的天下，但沒有了司徒家族，也不能走到今天。」

他將我扳直了身子面向他，他的眉目一如往常的清朗，車簾被外面的風輕輕吹動，他的髮絲也被吹拂得飄到面前。他只是深情地看著我，那一對眼眉，彷彿曾經在記憶深處的某個瞬間看見過，時間久遠得我都以為自己忘記了，如今活生生地出現在眼前，過往的一切好像又都鮮活了起來。那些溫存，那些癡纏，是真真切切地發生過的。

他將手探進衣襟摸出一樣東西來。嬌豔欲滴的翠綠，散發出淡淡的光暈。只是那麼一眼，我就知道了那繁複的花紋上寫著什麼。

兩情若是久常時

「當時薛姑娘在給妳換衣服的時候，我在妳貼身的褻衣裡發現了這塊玉珮。」

當時莫夫人給我的這塊玉珮，我一直貼身佩戴著。

「這塊玉珮母親一直小心保藏著，看得比性命還重，除了我之外，沒有人知道它的存在。我想應該是母親給妳的，否則沒有可能妳會得到它。至於母親為什麼要給妳，我想我能體會她的用心良苦。我也相信不是妳加害於她，而是另有黑手。」提及莫夫人，上官裴的表情仍十分痛苦。

我當然知道莫夫人的用意，臨別時她曾經對我說過，希望我能夠和上官裴化干戈為玉帛，好好生活下去。雖然世事紛擾，我與上官裴後來漸行漸遠，我都始終不曾拿下過這塊玉珮。也許潛意識裡我仍然希望有朝一日，我能夠將它轉呈給上官裴，親口告訴他，他母親對於我們的希冀。

「我們重新開始吧。」他突然將我緊緊摟在懷裡，半天才說出這麼一句話來。「過去的都過去吧，從現在開始只是妳和我，司徒嘉和上官裴。」

被他摟得很緊，我連句完整的話都說不出，只是含糊地點了點頭。經歷了那麼多，只是覺得累了，有這樣的一個臂彎依靠，總是讓人無限嚮往。以後會如何，又有誰能夠知道？珍惜當下，不是嗎？

車簾呼地一下被吹了起來，我一眼瞥見這向南行進的路上，積雪已經開始融化了。春天，就快到了吧？

凱旋而歸的路途，大家都走得十分的輕鬆。

上官裴也格外的好心情，要帶著我看一下這大好河川。

孫參將和薛榛榛他們都很驚訝於上官裴這幾日裡與我突然改善的關係，在我與上官裴融洽相處時，我偶爾能看見他們互相在給對方使眼色。我不禁有了笑意，這一切來得都太快了，不要說是他們，連我有時候都感覺像在作夢一樣。

我的身子骨恢復得很慢，仍然不太好。風一大的時候，人總是忍不住瑟瑟發抖，即使捧著暖爐也無濟於事。照大夫的話說，小產讓我大傷元氣，何況又是在冰天雪地的漠城落下的病根，這要完全恢復，沒有一年半載的好好調養估計是不行的。

眼看離上京還有五、六天的路程，這一日風和日暖，上官裴與幾個京畿營的親信去了剛破冰的河邊垂釣喝酒。我一個人留在驛站休息，剛想躺下小憩會兒，就聽見門口窸窸窣窣的說話聲。

「誰啊？」我起來披上了外衣問道。

「回娘娘的話，宸夫人求見。」

「喔，讓她進來吧。」我用手抿了抿頭髮，起身坐在了床沿。

門咿呀一聲開了，進來一個美豔異常的女子。雖然已經見過她幾次，可是每次見面仍然會被她那銳利的美豔所震懾。

請過安後，我讓她在我對面坐下。不知道她的來意，我自顧著絮絮叨叨地說了些不相關的話，直到她憋紅了臉先開口。

「娘娘，臣妾這次來是想到娘娘這裡來討把庇護傘的。」她開門見山。

「宸夫人是皇上新納的夫人，皇上恩寵甚濃，何來到本宮這裡討把庇護傘一說？」

「娘娘是絕頂聰明的人，臣妾就沒有必要在娘娘這裡打馬虎眼了。」她喝了口茶潤了潤嗓子，繼續道：「臣妾以前也是出了名的北疆第一美女，多少王公貴族都曾經拜倒在臣妾的石榴裙下而上門提親，但是都被我拒絕了。當時我一心想嫁的人是北朝的阮文帝，雖然我知道阮文帝的心裡只有娘娘和仙去的大行皇后。並不是臣妾多麼愛慕阮文帝，而是科爾沙真的需要一個強大的帝國作為後盾。娘娘見多識廣，恐怕也知道了科爾沙雖然號稱北疆第二大國，但是因為地處貧瘠荒蕪的戈壁地區，所以百姓的生活十分困苦。再加上每年要向北朝繳納大筆的交好金，國家已經到了十分潦倒的地步。我也不怕娘娘笑話，甚至於我外祖父做大汗的彝北有時也能對科爾沙頤指氣使，那就更不用說其他國家了。」說到她的祖國，卡娜兒加的臉上泛起了一陣紅暈，眼裡也充滿了嚮往的神色。本來就是大美人的她，此刻看去真是人比花嬌。

「這次被俘，我就打定了主意，處心積慮地想要憑美色打動皇上。其實我清楚，皇上之所以願意陪著我演這齣戲並不是因為被我迷倒了，而是皇上也需要一個契機來平定叛亂。封我為宸夫人，不過是各取所需罷了。在進宮前，我就聽說了皇上和皇后感情並不好，原本我以為進宮後有的是機會出人頭地，占盡先機。雖說即使我今後有了孩子，這孩子也不可能問鼎九五至尊的寶座，可至少皇上會對我另眼相看，從而對科爾沙多些照顧。這個孩子再不濟，好歹也能做個王爺，這已經足以保證我科爾沙在北疆立足下去。但是從這幾日看來，我這個算盤可能是要落空了。從我成為宸夫人那日起，皇上對我的好都只是在人前，而不為人知的是，皇上和我……」說到這裡，她的臉噌得一下就紅了，人卻一下子跪倒在我的面前。「娘娘明鑑，卡娜兒加還是完璧之身。」

我愣愣地看向她，似乎不明白她話裡的意思。

「若是我不能趕快生下個一子半女，北疆的人就知道我所謂的受寵不過是徒有虛名，我身為一個異族女子，要在後宮生活下去，要保護科爾沙不被別國欺負，一定要有一個子嗣才行。所以臣妾今天來見娘娘，就是要開誠布公地告訴娘娘自己的想法，也求娘娘可以幫幫我。」她的聲音裡帶著哭腔，令聞者動容。

「臣妾是萬萬沒有和娘娘爭寵的意思，也自知沒有這個資本。臣妾若是有了孩子，也不可能對娘娘以後的皇子造成威脅。身為後宮裡的女人，身上繫著的不僅是一個人的榮辱，更多的是家族的安危和興旺，臣妾以為天下沒有比娘娘更懂臣妾的人了。今天臣妾跪在這裡，就是要來向娘娘投誠的。今後臣妾的所有都是娘娘的，娘娘不給，臣妾絕對不敢要。只望娘娘看在臣妾也是對自己的家族懷著一顆赤子之心的分上，體恤臣妾。」

她說得極為誠懇，讓人惻隱之心頓生。雖然她的要求是與我分享丈夫，但她剛才的話仍然使我動了憐憫之心。

送走了宸夫人，我又躺下歇息。進入睡夢前不禁想到，我在後宮中的生活若真的可以這樣風平浪靜下去，若是上官裴真的可以與我重新開始，那也許我不會重蹈阿姊的覆轍，也許我會像先前的那些司徒家的皇后一樣，安穩地生活下去。

可為什麼隱隱之中，總還有一些不安呢？

第四十四章　三杯兩盞淡酒，怎敵他、晚來風急

離上京還有三天的路程，可我心有戚戚，總擔心一旦回到那紅牆金瓦的深宮內苑，上官裴又會變回原來那個陰晴不定、難以捉摸的人。而眼前這些短暫的甜蜜，將作為我唯一的記憶，伴我度過餘生。因此心裡一直有個聲音在重複著：走得慢一點，再慢一點吧。

與上官裴這幾日的朝夕相處，我們之間的話也漸漸多了起來。有時候在我渾身發冷，關節生疼的時候，他會緊緊將我抱在懷裡，用身體來給我驅散寒氣。雖然人十分的難受，可我不願在他面前表現出來。每當他看見我豆大的汗珠掛在額頭的時候，總是心疼地替我小心翼翼地抹去。看著他專注的神情，有時我忍不住胡思亂想，也許老天讓我受這些苦痛，就是為了給他一個機會向我證明，我們真的可以從頭來過。

再向南走不過兩個時辰，我們就會經過榕城，那是丁夫人的家鄉，是他們作為結髮夫妻度過最初幾年歲月的所在。我很害怕上官裴會想要回去看一看，怕這一看就要勾起無盡的想念，然後就是對我向丁夫人痛下殺手的憤懣。丁夫人仍然是我最大的夢魘，這個女人活著的時候就一直隔在我和上官裴之間，連死去後她的陰魂仍然不散。也許不散的並不是她的陰魂，而是我的心結。

「皇上，前面就是榕城了。」傅浩明在薛榛榛的精心照顧下，身體恢復得很快。雖然頭上還綁著傷布，但是人的精神看上去很不錯。他騎在馬上，探下身來，向車內的上官裴輕輕說道。

我的心不由得一緊，心裡頓時升起了惱怒。轉了一個念頭，突然又覺得好笑，若是薛榛榛知道此刻我竟然暗暗希望傅浩明還是躺在病榻上的話，一定會和我翻臉的。

「嗯，朕知道了。不過這次時間緊迫，就先不過去瞧瞧了，以後還有機會吧。」上官裴的神色十分平靜，看不出一絲情緒波動。

這樣一來，反而顯得我小家子氣了，我原以為他會對榕城這兩個字觸目驚心。

傅浩明不再作聲，馬蹄聲也漸漸遠去。不一會兒，周圍又恢復了安靜。

明媚的陽光透著薄薄的車簾漫進來，讓人覺得身上暖洋洋的。

上官裴突然握住了我的手，人向身後的靠墊仰去，閉著眼睛休息。我注視了他好一會兒，他都沒有動靜，讓我分不出他究竟是睡著了還是醒著。

「妳也休息一會兒吧，昨晚在驛站妳都沒有怎麼好好睡過。」

自從那天他對我剖白心跡後，在沒有外人的時候，他一直以「妳我」稱呼我們。每次聽到他說這兩個字，我的心頭都會漾起淡淡的笑意，彷彿這兩個字就說盡了我們之間的一切，無須其他語言。話音剛落，我就感覺被他一把拉入了懷裡。這幾日已經逐漸習慣了與他的親暱，在他的懷裡漸漸找到了讓我安心的感覺。

就這樣躺著不過一炷香的工夫，我稍有了些睡意，就聽見外面一陣喧鬧。沒一會兒，人聲漸漸鼎沸起來。

上官裴坐直了身子，一手微微掀開車簾向外望去。

我一眼瞥見了張德全的側臉，雖然還是冬天，但是他滿頭滿臉的汗，不時地用袖子拭著額頭。早就聽說不少內侍愛美，偷偷學著女人的樣子抹粉，現在看他臉上斑駁的一塊一塊，看來傳聞是不錯的。心中詫異，不知道什麼事讓一向注重自己儀表的張德全如此狼狽。

「怎麼啦？朕不是讓你先行回京向襄陽王和大宰相通報大軍回京的消息嗎？你怎麼又回來了？」上官裴也有些丈二金剛摸不著頭腦。

「皇上，大事不好了！」張德全說了這一句，就一陣猛咳，顯然奔跑太快，一口氣還沒緩過來，被嗆到了。咳了好一會兒，方才繼續道：「皇上，奴才奉了聖旨，連夜趕回上京，還沒到城門口，就聽說京城裡出事了！說……說……說襄陽王父子造反啦！」

上官裴與我同時驚呼出口：「什麼?!」

馬車周圍停馬圍著幾個京畿營的高級將領，聽到這話先是面面相覷，接著馬上就交頭接耳地談論起來。

「你弄清楚了沒有？究竟是怎麼回事？」上官裴撩起簾子，一下子跳下了馬車。

「一路上奴才聽了不少這樣的話，一開始奴才也不相信呢，但是到了上京城門口，奴才就看見……」張德全的臉色煞白，豆大的汗珠直往下淌。

「快說！看見什麼？」上官裴厲聲道。

「軍機大臣蘇大人的頭顱被懸在城門口！」張德全說到這裡的時候，緊閉著雙眼。

我可以想像張德全此時內心的翻騰。不用說，那場景定是十分恐怖血腥。

「砰」的一聲，上官裴一拳重重地擊在馬車窗櫺上，驚得我向後退了好遠。

「城門口已經派重兵把守，嚴格盤查所有進出的人。奴才趕緊喬裝打扮混入了人群，這才倖免被抓。奴才打聽到，蘇大人遇害是因為襄陽王父子昨日突然起兵，以二十萬黔川營的兵力控制了京城。蘇大人聞訊趕到朝堂上去質問反賊，結果被上官煒一劍砍下了腦袋，還掛在城門口示眾，以儆效尤。」

蘇硯穀，這個外號「蘇鐵牛」的錚錚鐵漢，多少次出生入死在殺敵的邊關，多少次在朝堂上面對君王而為百姓的民生據理力爭。這些大大小小的風浪，他都熬過來了，竟然現在死在了一個剛出茅廬、乳臭未乾的小子手裡，我的心頭不禁一緊。

「那本宮的家人呢？」我突然想到了大宰相府，整個心都絞了起來，也顧不得禮儀，隨著上官裴跳下了馬車。

「據說兩位司徒大人和老宰相當天就被投入了天牢，宰相府裡的其他人也都被軟禁起來了。御林軍戚將軍本來要率兵抵抗，想不到反賊與戚將軍身邊的林副將早有勾結。戚將軍受傷被擒，但凡不願歸順的將士約三萬多人被繳械後，一律關進了城東的兵營嚴加看守。」張德全一口氣說完，然後神情悽苦地看著上官裴和我。

「那揚兒呢？小皇子呢？」我突然想到了上官揚，因為激動，渾身忍不住微微顫抖起來，說話的時候牙齒竟然止不住格格打顫。

張德全猛地一聲跪倒在地。「娘娘，奴才沒有打聽到小皇子的消息。但是，來這裡的路上，奴才碰巧撞見了以前在太醫院任職的詹太醫。據他說，小皇子本來就感染了風寒，一直不見好轉，現在再這麼一鬧騰，恐怕……」他的聲音慢慢被抽泣聲取代，到後來簡直是老淚縱橫。

聽到此話，我腿一軟，差點就直接坐到地上。心裡只有一個念頭：不會的，不會的！老天不會在短短幾天內連著奪走我兩個孩子！

不過一盞茶的工夫，襄陽王父子起兵造反的事情就傳遍了駐紮的大營，所有人的情緒都十分的沮喪。大家好不容易活著等到了回家的日子，原本以為會被當作英雄一樣地迎接，凱旋而歸，然後好好過安穩日子，誰會料得到另一場惡戰尚未開始。

這次隨上官裴回京的只有五萬京畿營士兵和京城附近的十萬駐軍。這些士兵都剛經歷了漠城大戰還有長途跋涉的辛苦，不是傷就是累。而上官爵手下二十萬的黔川營士兵素來以凶狠慓悍聞名，又在京城以逸待勞。若是這仗真的打起來，上官裴的勝算並不大，更何況現在士氣低迷。

晚上掌燈時分，上官裴潦草地吃了點東西，就宣各營將領商議平討的策略去了，留我一個人獨自在帳篷內歇息。

薛榛榛伺候我用過晚膳後，便在一旁陪著我說話。

「娘娘，這我就納悶了，為什麼上官爵那個老賊偏偏在昨日突然發難起兵造反呢？」薛榛榛將蠟燭上的蠟油倒掉一點，然後挑了挑火頭，房間裡頓時亮了不少。

「上官爵的謀逆之心應該是他一被皇上重新啟用就埋下的。他的兒子屢屢沒有得到重用，他的心裡已經是百般不爽。如果本宮猜得不錯，他本來想藉著皇上的兵馬與北朝叛軍兵戎相見的時候，他可以坐收漁翁之利的。只是上官爵沒有料到皇上沒費多大力氣就平定了北疆叛亂，而且又快馬加鞭地要趕回上京。若是他和他兒子不趁現在自己獨自在京的時機造反，那就沒有機會了。」我輕輕抿了口茶。「襄陽王在做皇子的時候就深得他父皇的寵愛，而且文韜武略確實十分了得。要不是祖制規定長幼有序，那按照老皇帝的心思，今天坐著皇帝寶座的就該是上官爵了。老皇帝對襄陽王的寵愛人盡皆知，於是他的兄長登基後，就把這個弟弟逐出了京城，多年來上官爵一直被外放，從來不許踏入京城一步。」

薛榛榛恍然大悟。「難怪他心裡有氣，要趁現在這個機會，也想弄個皇帝當當呢！不過還好司徒家的所有人都沒事。」說到大宰相府暫時的安然無恙，薛榛榛的臉上閃現出由衷的笑容。

「這個倒也不奇怪。再怎麼說，上官爵的母親也是我們司徒家族的人，他應該不到萬不得已不會對他母系一邊的人動手。因為皇上他不是司徒家的皇后所出，所以司徒家族和平南的許多人都不願意現在的這個皇上登上九五至尊的寶座，這正合上官爵的心意。他心裡一定盤算著，以後用得著司徒家和平南的地方還多著呢，他不會傻到現在就給自己樹立那麼多敵人的。」坐著有些乏了，我起身在帳篷內慢慢踱著步。

「我聽傳大哥說，黔川營訓練有素，以前在襄陽王手下就有百戰百勝的戰績。現在他們有二十萬人，而我們只有十五萬，還包括好些個傷兵，這仗可怎麼打啊？」薛榛榛現在說的三句話裡必有一句「聽傳大哥說」，讓人忍俊不禁。

「一定要打，而且一定要打贏！」帳篷外傳來清脆的女聲。

我和薛榛榛馬上警惕起來，薛榛榛一把擋在我的身前。抬頭看去，只見卡娜兒加掀簾走進了帳篷。

「參見宸夫人。」薛榛榛先跪下行禮。

「哎，不用多禮了。臣妾也是繞過了守衛偷偷溜進來的，還望沒有驚嚇了娘娘。」卡娜兒加向我行了禮後，自顧自跑到桌邊，拿起杯子倒了一杯茶，咕嚕咕嚕地喝了一大口。

這些天顛簸在外，我幾乎都要忘卻了宮裡的那些禮數。看見卡娜兒加這樣豪爽的北疆女子，反而打心底喜歡。歡喜的同時，心裡也升起了淡淡的惆悵。這樣一個英姿颯爽的女子，她的一生也將在深宮內如油燈一樣慢慢耗盡。

「臣妾聽說了今天發生的事情了，可是那些服侍的人都還以為臣妾是傻乎乎的外族女子，什麼都不懂。臣妾心裡就想著，掌燈後要過來和娘娘說說話。」

她的話將我的思緒又拉了回來。相處了這幾日，我看出她雖然年紀比我大，有時候還是像大大咧咧的傻小子，也許這也是為什麼人人都說北疆女子嬌憨吧。

我朝她笑了笑。「宸夫人剛才的話一點也不錯。這仗得打，而且一定要打贏！」我讚許地重複著她說過的話。

「娘娘，您在平時無人時就叫我卡娜兒加好了，宸夫人怪好笑的。」她自己先笑了起來，不過馬上就凜了凜神色。「臣妾從小也是在馬背上長大的，經歷過大小無數次戰爭。若是有必要，臣妾也能上戰場殺敵的！臣妾現在嫁給了皇上，皇上讓臣妾怎麼樣，臣妾一定沒有怨言！」說到這裡，她突然有些不好意思起來，尷尬地笑了笑。「其實娘娘的吩咐，臣妾也是萬死不辭的。」

「皇上還沒有淪落到需要自己的女人上戰場殺敵的地步呢！」我取笑她道。「放心吧，如果不出意外的話，明天就會有神兵降臨。」我略有所思地說道。

第二天清晨，我早早地就醒了，翻身之際，上官裴的臉驀地出現在我面前。晨曦中，他溫柔地看著我，滿眼的柔情，彷彿有星星在眼睛裡閃爍。「妳這麼早就醒了？何不再睡一會兒？」他輕輕地將我的頭攏入了他的懷中。

這些日子，我的脖子好像已經適應了他手臂的弧度。

「本來我以為這次順利回到京城，我們就可以好好的重新開始……沒有想到，又橫生枝節，出了這樣的事。」他的語氣有些懊惱，說完還輕輕地嘆了口氣，滿是無奈。

「臣妾和皇上不是已經重新開始了？」我用手指在他的胸膛上慢慢地畫圈。「又何必非要等到回到京城以後呢？」

他悶悶地笑了，突然一個側身，就將我平放著壓在身下。我們之間的距離不過一寸，他的唇有著迷人的弧線，薄得很魅惑。一個念頭還沒有轉完，就看見他漂亮的唇在我眼中無限放大。他飄逸的長髮從面龐兩側滑落下來，將我密密地籠在他的氣息中。

就在他要吻上我的剎那，帳篷外突然傳來了傅浩明的聲音——

「皇上，臣有要事稟報。」

我看見上官裴恨恨地向帳篷外的那個身影瞪了一眼，然後決定不理會，繼續要吻下來。

就在四唇相交的剎那，傅浩明的聲音再次響起——「皇上，遠征大元帥司徒櫟求見！」

聽到此話，只見上官裴猛地抬頭，恍惚了片刻，然後意味深長地看了我一眼。我還未及抬頭看他的臉，他就一個翻身跳下了床，起身站起，疾步向帳篷外走去。

就在他轉身掀帳簾的時候，突然回身含笑對我說：「皇后的二叔來得還真是時候啊！」伴隨著爽朗的笑，他矯健的身影消失在我的眼前。

我將羞紅的臉埋在錦被下，忍不住偷笑道：「那還不是因為我寫信寫得及時！」

第四十五章　天下誰人不識君

遠征大元帥司徒櫟，二十一歲時就因為赫赫戰功而被當時的皇上擢升為封疆大吏。一生征戰無數，他的名字一直是與勝利連繫在一起的。漸漸地，在人們的印象中，哪裡有司徒櫟，哪裡就有勝利。民間傳聞說他是武曲星轉世，非凡人也。一些邊疆的百姓甚至將他的畫像供在家裡，以保一方平安。

他出生在聲名顯赫的司徒家族，少年得志，一生官運亨通。未及不惑之年已獲得「遠征大元帥」的封號，實屬前無古人。可是十二年前就在他打了人生中最精彩的一場戰役，踏平了斡丹國後，突然就從人們的視線裡消失了。沒有人知道他為什麼要辭官歸隱，也沒有人知道他到底去了哪裡。只是朝堂上再也見不到他的身影，司徒府邸內也沒有了他的蹤跡，他就像被施了隱形咒語一樣，徹底失去了音訊。

可是越是這樣，人們對他的好奇心越甚。於是，故事成了傳奇，傳奇成了神話。而這個神話的主人公就是我的二叔，司徒櫟。

我匆匆洗漱乾淨後就趕去了上官裴平時商議公事的主帥帳內，還沒有走進，就聽見親切無比的平南家鄉話在交代著內侍去泡什麼樣的茶喝。聽到熟悉的聲音，我的心頭不由得一熱，也不管門口是不是需要通報，三步併作兩步就跑了進去。一抬眼，就看見左側的椅子上坐著一個身板硬朗的中年人。

「二叔！」只是這麼輕輕一句，我只覺得喉嚨口像被什麼堵住一樣，眼眶澀澀的，淚水莫名地就要滾落。

二叔辭官離開的那一年，我不過是個五歲的小丫頭。其他那段時間的記憶已經都模糊了，唯獨記得與二叔相處的點滴。父親是個很嚴肅的人，在我們面前從來不苟言笑，我們也害怕和父親打交道，在父親面前總是很規矩的樣子。二叔則不同，二叔寵溺我們五個孩子是人盡皆知的，彷彿他才是我們真正的父親，而父親只不過是個叔伯一般。他每次回到京城省親，除了偶爾去上朝外，就是整天地陪著我們。教哥哥們習武騎馬，帶我和阿姊出去逛廟會、買糖吃。夏天帶著我們下水摸魚，冬天和我們一起打雪仗。雖然那時我是個什麼都不懂的小娃娃，只知道跟在哥哥姊姊身後瞎鬧，可那樣的快樂就這樣被小心翼翼地保存了下來，鮮活得彷彿昨日才發生一樣。

後來二叔離開了家，我們幾個孩子問父親，二叔去了哪裡，父親總是不耐煩地將我們訓一頓，然後暗自嘆氣，或索性一言不發地撇下我們進了書房。司徒家族到父親這一支只留下父親和二叔兩個成年男子，二叔一生都沒有婚配，讓父親這個兄長一直覺得愧對地下的祖父、祖母。

再後來，我只見過二叔兩次，一次是二哥披上了二叔當年的盔甲，成了鎮關大將軍後第一次出征，二叔曾回來探望過。他們兩個在別院裡住了三個晚上，二叔就離開了，甚至連二哥的出征儀式都沒有參加。但是二哥從此以後彷彿就似二叔附身一樣，成為了司徒家另一個戰神。我最後一次看見二叔是幾年前阿姊與先皇的大婚儀式，二叔只參加了家宴，卻喝得酩酊大醉。

我看見下人將二叔扶回房間的時候，二叔不停地重複著同一句話——

「萬般皆是命，半點不由人。」

我躲在暗處，心裡琢磨著二叔這句話究竟是說他自己，還是阿姊，抑或是普天下所有人？那次二叔只停留了短暫的兩天，臨走的時候，二叔送了那把精鋼匕首給我作防身之用。也是那把匕首，讓我在危急關頭救了他朝思暮想、尋找多年的兒子。果真是冥冥之中早有安排，萬般皆是命，半點不由人。

再次見到二叔，除了風霜染白了他兩鬢外，在他身上一點都看不出歲月的痕跡。那麼多年過去了，他仍舊是那個眉目清朗、高大英俊的男子。好像時間停留在了當年，那個讓多少懷春少女渴望愛慕的風流少年，依舊當得起「騎馬倚斜橋，滿樓紅袖招」這句評價。

「二叔……」我怯怯地叫了一聲，時間彷彿停滯。在二叔面前，我好像回到了自己的青春歲月，與世無爭地只想著明天讓二叔帶我和阿姊去哪裡玩。

「嘉兒！」二叔霍的一聲從椅子上站起來，幾步走到我面前，端詳著我，目光中滿是愛憐。過了許久方才開口道：「幾年不見，妳真的長大了。」突然，二叔彷彿想起了什麼，躬身抱拳道：「臣冒昧，還望娘娘不要怪罪。」

我不由得倒退了一步。「二叔！」心裡一時百味俱全，喉嚨卻好像被堵住了一樣，一句話都說不出。

我怔在那裡，上官裴則出面道：「此地並非朝堂，也沒有外人，大元帥完全不用拘禮。大元帥若是喚皇后為娘娘，皇后恐怕是要傷心了。」

上官裴邊說邊笑著向帳篷外走去。「朕給你們叔姪倆留點說話的時間吧。」

我含笑目送上官裴走了出去，雖然有些時候我還是會忍不住質疑他突然的轉變，但是很多時候我還是很受用他的溫存體貼。

二叔奇怪地看著我似笑非笑的表情。「看大哥的書信，說嘉兒妳與皇上相處得有些隔閡，現在一看，倒完全不是這麼一回事啊！」半是探究的口吻，二叔退回了座位，打量地看著我，目光中還有些取笑的意味。

這個眼光我熟悉得不能再熟悉，想前幾日我打趣薛榛榛時也正是這個表情，真是報應不爽啊！

「二叔，此事說來話長。嘉兒只希望這樣的相處可以一直持續下去。」我幽幽地說出一句，無意在這個話題上多作糾纏。「二叔，我託章先生給您寫的信，您這麼快就收到了？」

「嗯，知道妳二哥這次帶兵打仗面對勁敵，我時時刻刻都與之保持著聯繫，好在必要時候助妳二哥一臂之力。」

「那我信裡提到的墨吉司查……」說到這裡，我不由得停了下來，小心翼翼地揣摩著二叔的神色，生怕惹惱了他。這是從小養成的習慣了，因為二叔這樣地寵溺著我們，我們這五個孩子最怕的事情竟然是讓他失望。所以但凡可能讓二叔傷心的事，都格外地讓我們提心弔膽。

「嗯。」二叔點了點頭，隨即便沈默下去，本來神采奕奕的他突然之間就被強烈的哀愁所籠罩。「我想去見見他。」

二叔輕輕說出這句話，口氣竟然有一絲猶豫。

「那我這就帶您過去，他就在離這裡不遠的帳篷裡住著。」我突然有些躊躇。「因為他一直想著要逃脫，所以到現在還是被用鐵鏈拴著。二叔……」我不知道怎麼說下去。將自己的堂兄用鐵鏈拴著，在他父親面前確實有點難以交代，何況我知道我這個二叔將這個孩子看得比什麼都重。

「我明白，妳這麼做也是為他好。」二叔看出了我的憂慮，寬慰道。

沒走多遠，我們就停在一個藍色的帳篷面前。門口有個校尉帶著幾個士兵把守，看到我走近，趕忙跪下請安。我讓他們起身，領頭的一個校尉抬頭謝恩時，瞥見了我身後站著的人。一開始只是錯愕的表情，漸漸地就張開了嘴，彷彿看見了仙人下凡一樣，眉頭都擰到了一起，一會兒恍然大悟，一會兒又百思不解的模樣。

「你們先退下，在那裡遠遠地候著吧。」我吩咐道。

那個校尉只是盯著我身後的人發呆，好像完全沒有聽到我在說些什麼，人像中了咒語一樣，慢慢走向我二叔。

「這位先生好面熟啊……」校尉喃喃自語道，邊說還邊伸出手去，想要碰碰他，確定一下他是不是什麼幻象。

「既然見到了司徒櫟大元帥，那還不趕快參見！」我說。看來這個校尉這麼多年的兵不是白當的，確實有點眼力。

聽到這話，這校尉先是不可置信地張大了嘴，過了好一會兒，方才反應過來，一骨碌地趴倒在地，結結實實地磕了個頭，五體投地不過如此。身邊幾個小兵估計沒見過這樣的陣仗，愣了一下才反應過來，跟著他們的頭兒趴了下去，這架勢真比見了皇帝老兒還要恭敬不少。

待我們轉身向帳篷走去時，我的耳裡還飄進一句話——

「那可是武曲星轉世的大元帥啊！現在他老人家來了，那我們離回家的日子就不遠了……」

我不禁在心底微微一笑。

待要走進帳篷時，二叔突然叫住了我。我問他怎麼了，他卻只是在門口徘徊。過了好一會兒，二叔方才說：「我看我還是改日再來看他吧。」

我從來沒有見過二叔這樣的猶豫不決，平日裡在我印象中，他總是雷厲風行的。可是我又怎麼會不體諒他的心思呢？找了自己的親生骨肉這麼多年，現在突然找到了，觸手可及的父子相認就在眼前，他卻害怕了。害怕一旦被拒絕，自己多年來的辛苦到頭來只是一場空，那麼多的思念到頭來只是淪為一個笑話。近鄉情怯就是這個意思吧。

「二叔，您等了這麼多年，等的不就是今天嗎？」我從袖袋裡掏出那把鋥亮的匕首交到他手裡。「我想，現在該是它物歸原主的時候了。」

二叔從我手裡接過匕首，凝視了許久。我突然瞥見了他眼角一閃而過的晶瑩，我匆忙地別過頭去，不忍去看。英雄落淚，本是一件令人傷感的事，更何況此人是我的至親之人。

再見二叔之時，已是兩個時辰以後。

主帥帳篷被安排成了二叔暫時的居所，見他回來，我趕忙吩咐下去讓人傳膳，二叔卻阻止了我。

「傳幾壺酒來吧。」二叔輕輕地說了一句，語氣很無力。

我猜這次見面可能是不歡而散的結果，但是看到二叔這樣，心裡不由得難過起來。其實我很害怕二叔喝酒，因為他不輕易沾酒，可是每次一喝必醉，想必是心裡十分的不痛快。

「他的眼睛和他母親一樣，是灰綠色的。」二叔只說了這麼一句，就開始沈默地灌起酒來。

我知道此刻任何話都是多餘的，唯有靜靜地退出了帳篷。

「大元帥見到了他的公子？」回到帳篷，上官裴正在研究牆上掛著的羊皮地圖。

「嗯。」我的心緒被剛才二叔落寞的樣子攪得很亂。

「孩子是曾經相愛過最好的證據，可若是愛人已不在了，再看見孩子，有時只是徒惹傷心，不是嗎？這樣一比，我倒比大元帥幸運不少。」他走過來攏著我的肩，讓我依偎在他懷中。

我無力地靠在他的胸前，頗有些心神俱疲的感覺。

上官裴一言不發，一把將我打橫抱起，轉身向榻邊走去。

「別去多想了。妳自己身體才剛有些起色，想得太多傷神。早點休息吧，我陪著妳呢。」

我任由他將我照顧妥貼，看著他只是微笑。眼前的人雖然這麼真實，可為什麼心中的感覺卻越發的不確定呢？如果這只是一場夢，那就讓我永遠都不要醒吧。

二叔竟然破天荒的沒有喝醉，第二天一大早就讓人通傳，將上官裴叫去議事了。整整一天就看見主帥帳篷周圍守備森嚴，只見人進去，不見人出來。到用膳時間，所有飯菜也是由張德全打理，悉數送進帳篷，其他人一律不得靠近。

到了晚上熄燈的時分，方才看見上官裴滿臉疲憊地回到營帳裡。我已經在榻上躺著準備睡了，看見他回來，隨手抓了件外衣就要起來。

「妳躺著，晚上寒氣重，別下來了。」他將我勸了回去，自己則在我榻邊坐下。「明天我讓孫參將帶人護送妳去漠城吧。」他側臉看著對面牆上的地圖，聲音輕柔得彷彿在自言自語一般。

「為什麼？為什麼好好的要把我送去漠城？」我「騰」的一下坐直了身子，目不轉睛地注視著他。

「探子今天回報說，丁夫人的妹妹丁子宜昨日被上官爵下聘成為他兒子上官燁的正妃了。她的兄長丁佑南做了叛軍的先鋒大將軍，召回了他從前的手下約十萬的湘南營舊部。現在叛軍一共三十萬人，於今晨出發向這裡行來，約莫最多兩天的工夫就可以到這裡。到時候，一場惡戰在所難免，而我們只有……」他突然止住了話頭。

我自然明白他沒有說出口的那些話，三十萬對十五萬的兵力差距，簡單的數字比較，懸殊一目了然。

「皇上剛打了大勝仗，威望正高、士氣正盛之時，何況還有大元帥助陣。即使現在兵力有些差距，但是皇上不是已經寫信讓漠城增派援兵了嗎？只要皇上能熬過這幾天，援兵馬上就到了。」

「援兵最快也要七日之後才到，而叛軍最慢兩日之後就到了。叛軍主帥上官爵自幼行武出身，打過不少大勝仗。何況這次雙方兵力差距如此懸殊，對方又是以逸待勞的精銳部隊。連妳二叔都承認，即使他親自出馬，也不過只有四成的把握撐過這五天。」說到這裡，上官裴有些激動。「連妳的二叔都這麼說！他可是武曲星下凡，可連他都……上官爵之所以現在急著親自出征，就是想在援軍到來之前，將我們置於死地，這樣他身為高宗皇帝的次子，先帝的叔父，便可以名正言順地奪得皇位。本來就有很多人不願我做這個皇帝，現在有上官爵出面討伐我，不知道稱了多少人的心啊，我看擁護他的人絕不在少數。」上官裴的話聽上去有些頹喪。

「皇上，在其職，謀其政。現在這皇帝的寶座是你的，司徒家的皇后是你的正妻，不管別人願不願意，這天下就是你的。」我握住他的手，殷切地看著他。「我知道你可以打贏這場仗的。只要我們能撐過這五天，等到援軍一到，一定可以生擒上官爵這個老賊！」

我將他的臉扳向我這側。「皇上，我哪裡都不會去的。無論如何，司徒家的所有皇后歷來都是與他們的皇上夫君在一起，生同衾死同穴。這一仗，我會在這裡陪著你。不管最後結果怎麼樣，我都不會離開你半步。」我將頭靠上了他的肩頭。

他的背僵硬地向後讓了一下，可是我緊緊地拽住他，不肯放手。他在我的懷裡掙扎了小片刻，終於漸漸地放鬆下來。兩人無語，只是輕輕地擁抱著對方，享受這大戰前最後一刻的寧靜。

第四十六章　故人應念，杜鵑枝上殘月

每日生活在喧囂的軍營裡，看著身邊的將士們巡邏操練，看著一批批的兵器糧草從附近的幾個大營裡運來，這一切都提醒著我大戰當前，那種壓迫感非身臨其境的人不能體會。我也顧不得皇后的身分，跟著醫館的醫女們學著一些簡單的包紮止血的方法。

上官裴每天天沒亮就與二叔還有其他將領去主帥帳篷內商討策略，直到晚上熄燈時分方才回來休息。我心疼地看著他每天都只睡兩個時辰，可又不敢開口勸他。強敵壓境，我知道他的心其實很亂，讓他早睡也是無用，又有誰可以在這當口高枕無憂呢？不過這樣的忙碌有時候也有好處，讓人幾乎忘記了時間的存在。可是無論如何的健忘，兩天還是很快地就過去了。到第二天下午，遠遠地就看見大營不遠處的柳江對岸旌旗飄揚，旗幟上都赫然寫著碩大的「上官」二字。只是此上官非彼上官。他們是叔侄，都是上官皇族至親的血脈，可是隔著這條江，他們是敵人，是想將對方橫刀斬於馬下的對手。

士兵們初見對面河岸上大片大片明黃的旗幟時，都一片喧嘩。不過很快的大家都安靜了下來，操練的繼續操練，擦拭兵器的繼續擦拭兵器。每個人心裡都知道，事到如今，唯有殺過江去掃平對手，方才是活命的唯一辦法。

我從自己的帳篷處看出去，可以依稀在一大片明黃的「上官」旗幟中看見一些藍色的旗幟，上面簡簡單單地寫著一個「丁」字。那個被我下令縊死的丁夫人，妳要借屍還魂，讓妳的兄長來為妳報這爭夫奪子之仇嗎？這所有的紛爭，終於很快就可以有個了斷了。

明天。

上官裴由於身分特殊，被二叔強烈要求留在大營內指揮大局。年過半百的二叔在闊別沙場十二載後，又一次領兵出征。所有將士在得知二叔任副帥帶兵領軍之後，心裡又燃起了對勝利的渴望。人人都堅信二叔這個一生都與勝利為伴的人，會帶給他們一個需要奇蹟才能解釋的戰果。

在此後的三天內，上官裴一直留在了主帥帳篷內，飲食起居也搬去了那裡。我不想讓他分心，所以一次也沒有去探望過。

每天，我都讓孫參將和薛榛榛陪著我去營地不遠處的一個小沙丘，一待就是一整天。血腥的廝殺就在河谷的窪地那裡展開，從我所在的沙丘望去，我可以看見雙方正面迎擊對方的全況。雖然遠遠地看不清究竟發生了什麼，但是我知道屠殺正在進行著。鮮豔的旗幟倒了下去，又被人扶起，然後又倒了下去，又被人扶起。風吹過的時候，我甚至感覺自己可以聞到空氣中瀰漫的血腥氣。

我一直在留意著二叔騎的那匹棗紅大馬，可是湮沒在漫無邊際的人群中，彷彿水滴掉入大海，根本無處可尋。但我心裡仍舊執拗地以為只要我在這裡一直默默地祈禱神明保佑，就可以庇護二叔平安歸來。

身邊的薛榛榛也是一臉的焦急，有時候她坐不住，會走到一邊輕輕啜泣。我明白她的心境，她心愛的傅大哥也在那片廝殺的人群中。她也懷著和我一樣虔誠的心，求遍了天上的諸神，保佑她的愛人。開戰後的頭天晚上，我無意中看見她的手腕上多了一串紫檀木的念珠，那串念珠我在傅浩明的身上見過，那是他過世的姨母莫夫人留給他的東西，他從不離身。我想，他和薛榛榛之間應該已經有了某些承諾吧。

天色漸暗，叛軍收兵的銅鑼再次被敲響。這已經是我第三次聽到這種洪亮悠揚的聲音，每次都沈沈地顫到心裡去了。想來又有對方的一名將領被斬落馬下，不得不收兵回營了。每次雙方退回到自己的營地後，戰場上都是屍橫遍野，然後陸續會看到雙方各派出一隊人將自己士兵的屍體搬回營內。

這個時候，我都會提起裙邊，發瘋一樣地向營地跑去，然後靜靜地候在營地的大門口，等二叔歸來的身影。每一天看見他，他身上的傷口都會多了不少。左腿上的刀傷，右眉骨處被箭擦傷，還有其他大大小小的口子。血污黏著他的戰袍，他的刀上滿是凝著的鮮血。但是每次看到他還能笑著叫我嘉兒，我回到自己的帳篷後總是忍不住要痛哭一番。我知道這是一天揪心後舒暢的哭聲，是慶幸著我至親的二叔平安無事的喜悅。

而這樣的暗自慶幸，在看到每天那麼多傷亡將士的時候變得沈重而格外珍貴起來。

我和薛榛榛隨著醫館裡臨時找來的一些醫女們做著隨軍大夫的幫手。我也沒有想到一向愛乾淨的我竟然可以這麼快地適應這一切，面對一些讓人害怕、令人作嘔的情形，我也可以儘量堅持下去。好幾次薛榛榛都以為我要暈厥了，可我硬是挺了過來。許多傷員開始叫我「菩薩心腸的娘娘」，我聽了只是微笑地讓他們好好養傷，卻不應承。他們不明白，這樣叫，只有讓我更難過。他們作為無辜的百姓，被捲入這場皇權的爭鬥中，其實是最無辜的犧牲品。可正如二叔所說的，萬般皆是命，半點不由人。可是這「可憐無定河邊骨，猶是春閨夢裡人」的悲哀，我卻感同身受。

我又一次站在了等候二叔歸來的大門邊，薛榛榛站在我身後，也焦急地伸長了脖子張望著。夕陽的餘暉正在慢慢消退，晚風乍起，我不禁打了個寒顫。每次等待的這個時候是一天中最難熬的時候，彷彿犯人等待宣判一樣，生死一線的焦灼。

「娘娘，他們回來了！」薛榛榛興奮地叫出了聲。

我抬眼看去，在從窪地歸來的那條道上，迤邐的隊伍慢慢行進著，打頭的人正是我的二叔。他騎著馬的身影背著光，我看不清他的樣子。但是看到他還安然坐在馬上，我的心稍微平復了一點。

「嘉兒。」二叔的馬停在了我的面前，淺淺地對著我笑，然後一躍翻下馬來。「我有些事情要與皇上商量，妳先不要跟過來了。」他交代了我一聲，就向主帥帳篷走去。

我應了一聲，目送著二叔離開的背影。夕陽的照耀下，他的影子在地上拖得老長，風吹過時，他的披風在身後微微掠起，顯得有些淒涼。他走得有些緩慢，彷彿十分疲倦的樣子，突然間我感覺到他的背脊不再像我印象中記得的那樣挺拔，心裡不禁暗暗想到，像天神一樣的二叔也有蒼老的一天。

「娘娘、娘娘！」我轉過頭去看向薛榛榛，只見她一臉驚恐地看著我。「我找不到傅大哥，找不到他呀！」

我的心頭一緊，一股不好的預感升了上來，我儘量壓著那個可怕的念頭不去想。「沒事的，妳再找找，可能傅參將有事落在了後面。」我轉身喚來孫參將。「東易，你幫著薛姑娘一起找找吧。」

他們兩個沒走幾步，就在一群人面前停了下來，然後我就聽見薛榛榛撕心裂肺的一聲慘叫——

「傅大哥！」

我的心直幽幽地墜了下去，然後跌跌撞撞地向那群人的方向跑去。一個擔架停放在地上，薛榛榛撲在一個滿身血污的人身上嚎啕大哭。因為被薛榛榛的身影遮著，我看不見那個人的臉。雖然看這架勢，我已經知道他的身分，但是我執拗地以為只要沒有親眼看見就是沒有發生。

周圍鴉雀無聲，沒有人想到要去拉開薛榛榛。每天都有那麼多士兵戰死在疆場，人們似乎都已經麻木了，而這樣的哭聲在這把生死視為家常便飯的軍營裡，反而顯得有些突兀。

旁邊幾個士兵候著要將傅浩明的屍首抬走。

「拉開薛姑娘吧。」我輕聲吩咐著孫參將。

孫參將猶豫了小片刻後，轉身對著我說：「娘娘，讓她哭一會兒吧。她心裡憋著不痛快，還是讓她哭出來吧。」

這是孫參將自派到我身邊來第一次公然違背我的命令。我一直隱約感覺到孫參將對薛榛榛的情意，但是因為知道孫參將是個極能克制自己的人，知道他明白薛榛榛的一顆心全在傅浩明身上，他絕對會把自己的感情深埋心底的。現在，自己心愛的姑娘撲在另一個男人身上哭得肝腸寸斷，不知道他此刻是什麼心情？可是，在這刻，誰能，誰又忍心與一個亡者計較呢？

我轉身向主帥帳篷走去，思緒完全停滯，生怕一旦有任何的想法，淚水就會決堤而出。

許久前的觀音廟，曾經有一個男子擁著傷心欲絕的我說「捨得捨得，有捨有得」。而現在他捨去了生命，捨去了愛情，又得到了什麼呢？

那個風雪交加的夜，蒙羅格山，千鈞一髮的時候，他緊緊地將我抱在懷裡，那刻他的懷抱成了我唯一的依靠。他輕輕地叫著我嘉兒，在那短短的一瞬間將兩個人的安危繫在了一起。

可是，繫在一起的終究不是兩個人的命運。對於他和薛榛榛，也是如此。

那個有著琥珀色眼睛的男子，那個第一個出現在我生命裡的男子，現在毫無生氣地躺在那裡。我知道我不能回頭，不敢回頭，否則我怕我也會如薛榛榛一樣，撲在他身上失控地嚎啕大哭。

我曾經一直以為人世間最遙遠的距離是生與死的距離，那樣的陰陽相隔、無法相親是最殘酷的，但是我現在才明白，我和他已經經歷過了更遠的距離，那是身分和皇權，我是皇后，是他表弟的妻子。而現在，他終於可以以傅浩明的身分永遠活在我心裡了。

還沒有走到主帥帳篷，就看見張德全匆忙地跑出來，差點就撞在我身上。

「張公公，怎麼啦？」我脫口而出。

「娘娘，您快進去瞧瞧吧！大元帥他中了箭傷，奴才正趕著去請他公子呢！」

如一聲悶雷炸響在我的頭頂！怎麼會這樣？我剛才還看見二叔安然無恙，怎麼一轉眼就中了箭傷？我拔腿向帳篷的方向跑去，卻被自己的裙邊絆倒，砰的一聲重重地摔倒在地。我也顧不得疼，一骨碌地爬起來，繼續拚命向帳篷跑著。

「唰」地掀開帳簾，我看見二叔被上官裴扶著躺在地上。看見我來了，二叔伸出手向我招了招，張嘴想說些什麼，血卻先流了出來。我躊躇著不上前，倔強地以為只要我不過去，這一切就不是真的，二叔就會沒事。

「妳還愣著幹什麼?!」上官裴朝我吼了一聲。

我這才反應過來，跑到他和二叔身邊。走近一看，才發現二叔的箭傷在左側腋下，剛才被披風擋著，難怪我沒有看見。二叔的衣服被撕開，我可以看見外面的箭身已被折斷，但是箭頭還留在他體內。血不斷地滲出來，鮮紅的一大片。傷口周圍漸漸泛出了黑紫色，我的心咯噔了一下，難道箭頭有毒？

我也顧不了那麼多，一下子撲倒在二叔身上，「哇」的一聲哭了出來，哭得上氣不接下氣。這次我是真的害怕了，可能永遠失去二叔這個念頭將我的心揉捏著，揪心地疼。

「嘉兒，怎麼還像個孩子一樣呢？」二叔的聲音很輕，對於我，他一直像哄孩子似的。

「皇上，如果按照臣的方法，應該可以再拖兩天的。只要過了這兩天，援軍就到了。老臣不才，恐怕明天要讓皇上親自帶兵出征了——」二叔轉向上官裴。

「大元帥，不要這麼說……」上官裴哽咽著打斷他。「您已經做了太多了，現在只管好好療傷就好。」

二叔低頭看了看自己的傷口，還是淺淺地笑著。「不用了，老臣覺得這輩子已經活得夠長了。本來還想著可惜找不到那個孩子了，沒想到現在那個孩子也找到了。老天對我已經不薄。」

我在一旁儘量忍住淚水，人不斷地上下起伏著抽泣。

二叔牽起我的手，慢慢地放在上官裴的手中。「易覓千金寶，難得有情人。你們要好好珍惜。」

「我知道，大元帥，我知道的……」上官裴的淚水一滴一滴地落在二叔的手背上。

帳簾「唰」地一下被撩開，從外面跌跌撞撞跑進來一個人。看見這情形，那人猶豫了一下，然後慢慢走過來跪倒在二叔身邊。

二叔氣喘吁吁地對上官裴說：「請皇上給老臣一些時間……單獨和犬子說些話吧……」

上官裴點了點頭，起身挪位將二叔的上半身移到墨吉司查所跪的位置，小心翼翼地讓他托著，然後拉起我向帳篷外走去。

「我不要離開！我要陪著二叔！」我掙扎著要甩脫上官裴的手。

「妳連妳二叔最後的心願都要違背嗎？」上官裴臉色鐵青，眼角還掛著淚水。

他拉著我走到帳篷外候著。「司徒嘉，妳給我好好聽著！」上官裴將我拉到一側，從懷裡掏出一卷明黃的聖旨和一個包袱。「明天我要親自出征，勝負生死都已不是在我可以控制的範圍，援軍何時能到，我也不知道。我要妳現在就帶著我的聖旨和玉璽，離開這裡去上京。」

「我不走！」我脫口而出，腦子中想的還是二叔受傷的事。

「別任性了！現在我們只剩下八萬人，而敵軍尚有十九萬的兵力！如今妳二叔又受了重傷，雖然剛才丁佑南被妳二叔斬於馬下，但是兵力如此懸殊，明天我面對的又是久經沙場的上官爵，我的勝算很小很小。」上官裴看見我還要開口說些什麼，抬手擺了擺，示意我安靜聽下去。「據可靠的消息說，揚兒被妳的大嫂鮑文慧抱回了府裡，暫時應該還沒有危險。妳回到上京後就去找揚兒，只要確保他安全就好。妳二哥不過幾日便能趕到，只要他來了，那麼必定可以剿滅叛軍。如果在他來之前，我有什麼不測，妳就拿著這紙聖旨讓揚兒繼承大統。妳作為太后，幫著揚兒做個好皇帝吧。妳幫著揚兒，我可以放心。」他一口氣把話說完，不讓我有打斷他的機會。

「我知道要妳單身涉險去上京，對妳一個女人家確實要求太多了。但是妳在我心裡從來不是普通女子，妳是司徒家的皇后，是我上官裴的妻子。妳除了有絕色的容顏，還有過人的聰明勇敢。更重要的是，我知道妳心地善良，重信守義，所以我現在才敢厚著臉皮懇求妳去做這件事。」上官裴只是殷切地看著我，目光熾烈。

我一直沒有跟他說，我中毒這件事和我大嫂之間可能的關聯，現在恐怕也不是一個好的時機跟他開口說這件事。雖然在這個緊急關口離開他並不是我想要的，但是現在的情況危急，絕非顧念兒女之情的時候。只有找到了揚兒，才是穩固江山社稷的根本，才是我這個皇后對他最大的忠誠。

我知道我除了答應他，沒有別的選擇。

「我答應你，一定會找到揚兒。你也知道，我會把揚兒當親生孩子對待。但是你也要答應我，一定要平安歸來。我不要當什麼太后，我還沒那麼老呢！」我用手指戳著他的胸膛，一字一字地說出這句話，堅定得不容他有其他選擇。

他一把抓住我的手。「我會回來陪著妳和揚兒的，別擔心。」他將我摟在懷裡，喃喃地說道：「我怎麼捨得離開妳？我怎麼離得開妳……」

他緊緊的擁抱讓我透不過氣來。

說話間，墨吉司查打橫抱著二叔從帳篷裡走了出來，面色蒼白，沒有表情。他臂彎中的二叔像熟睡著一樣，面容安詳寧靜。

我脫口而出。「你們這是要去哪裡？」

「家父去了。」眼淚從他的臉上滑落，淚痕迤邐，一路滴到二叔的身上。墨吉司查也不管那麼多，徑直走到上官裴面前道：「家父臨終前有一個要求，想要我帶他回斡丹，和母后埋葬在一起。所以我會將他的屍首帶走火化，然後將他的骨骸和母親的合葬在一起。他們生前愛恨糾纏了那麼多年卻不能相伴，現在終於可以平靜地安息在一起了。我這個做兒子的也算盡到最後一點孝道。」

我在上官裴的懷裡已經哭得泣不成聲，上官裴緊緊地摟著我，向墨吉司查點了點頭。

墨吉司查漠然地向外走去，走出幾步，他突然又轉身對我說：「家父生前一直最喜愛妳，所以我這個做堂兄的最後提醒妳一句——小心妳身邊的人。當時寄給阮文帝畫像的那個人，還有洩漏妳前往蒙羅格山行蹤的人，應該都是妳身邊最親近的一些人。妳自己好自為之吧。」

我抬頭淚眼矇矓地看著我這位堂兄，想要再問個究竟，他卻已經邁開步子走開了。

二叔安靜地躺在他的臂彎中，兩個人的背影漸漸遠去。抬眼望去，只看得見二叔的側面。

他一生享盡榮華，極盡富貴，卻總是鬱鬱寡歡，而這一刻在他心愛的兒子身邊，準備去找他一生最愛的那個女人，我想，這應該是他一生中最幸福的時刻了吧？

第四十七章　歸去　也無風雨也無晴

趁著夜色，我在孫參將的護送下，快馬加鞭地向上京趕去。

我不知道現在京城的情況究竟如何，只有回去後走一步看一步了。本來需要一天半的路程，在我這樣不眠不休的日夜兼程中縮短到了一天。在第二天深夜時分，我已經來到了上京的外城周縣。

我們兩個人在一家農戶處落腳，然後孫參將偷偷地摸進城去打探消息。據他回來稟報，說是大宰相府周圍並沒有安排重兵把守，下人出入還是一切照舊。我決定先回大宰相府，找到上官揚再說。

孫參將替我弄來了一套農婦的衣服讓我換上。我望著水盆裡倒映出來自己的樣子，不禁也吃了一驚。起程去漠城到現在不過一個多月的光景，我已經瘦了好多。臉頰凹陷，膚色蒼白，眼睛虛腫，滿臉的疲倦神色，頭髮胡亂地紮成一個髮髻，包裹在粗布裡面。粗粗一看，和農田裡幹活的農婦沒有區別，任誰看了都不會想到我就是那個豔冠京城的皇后，司徒家的掌上明珠。

城門口設著關卡，每個出入的人都要被檢查。守城的人是以前御林軍戚將軍的副將，那個出賣了他的卑鄙小人。這個人跟孫參將以前是同僚，我生怕他萬一認出孫參將來。孫參將不知道從哪裡搞來了一副棺木，說過會兒他躺在裡面，讓我雇人推著棺木進城去。我想了想，也沒有更好的辦法，只能冒險試一試了。

第二天天剛亮，我就雇了兩個小工，推著小車運著棺木向京城裡進發。城門口接受檢查的人排起了長隊，幾乎每個人隨身攜帶的包裹都要被翻一下。我排在隊伍後面向前張望，城門口貼著幾張人像，其中赫然就有一張是我的模樣。那是我十四歲及笄時父親請京城有名的畫師替我畫的像，那時的我風姿綽約，華服美衣，說不盡的風流嫵媚。我心裡不僅啞然失笑，那時的我和現在的我相比，樣子上何止差了百倍。何況我又在臉上故意抹了點煤灰，初照鏡子的時候，幾乎連我都要認不出來鏡中的人了。

等到快要輪到我的時候，我的一顆心還是不由自主地提到了嗓子口。前面兵士的喧囂叫罵聲越發的明顯，我只得一再強迫自己要鎮定，再鎮定一點兒。

「幹什麼的？從哪裡來？進城幹什麼去？」一個胖胖的麻子臉士兵湊到了我的面前。

「小女子本來是和夫婿出城去做點小本買賣的，誰知道走到半路，我夫婿他感染了天花，一命嗚呼就死啦！我這不帶著他的棺木回家來了嗎？」我一邊嘟嘟囔囔地回答著，一邊用袖子不停地抹著淚。

一聽到「天花」這個字眼，這個胖士兵趕緊向後退了幾步。「帶了什麼包裹沒有？」他問，眼睛卻已經瞟到了下一個人身上。

「有，有啊。都是夫婿身前穿過的幾件衣服。」說完，我就把手裡一個癟平的包裹往那人手裡塞去。

「哎！」他厭惡地看了我一眼。「快點拿走，拿走！下一個！」他已經走向了身後那個商人打扮的男子。

從那種人身上，他應該可以撈到更多的油水吧？

我趕緊應承了下來，叫著小工就要走人。還沒走幾步，從城樓上突然走下一個黝黑粗壯的男子。

「給我站住！」他大聲地對著我叫道。

我匆匆抬頭一看，如果沒有猜錯的話，此人應該就是戚將軍身邊的那個林副將。只見他慢慢地踱到我的身邊，繞著棺材走了兩圈。

「打開看看吧。」

「官爺，我夫婿已經死了多日了……」我開始哭嗆起來。

「少廢話！」林副將指著那個胖士兵。「你，過來打開棺材看看。」

那個士兵應承了一聲，趕緊跑了過來，但是一等到他背對著林副將的時候，臉上馬上就呈現了厭惡和不耐煩的神色。

只見他顫顫巍巍地花了好大的功夫才爬上了那輛推車，然後使勁地將棺材板向一側移開。我的心幾乎就要躍了出來，目不轉睛地盯著那胖子的一舉一動。板移開了一點兒，一股噁心的惡臭從裡面飄了出來。那個胖子馬上捂緊了鼻子，只匆匆瞄了一眼，就跳下了車。

「報告將軍，是屍首沒錯，都臭得不行了！」

林副將不耐煩地朝我揮了揮手，示意我快點走。我如獲大赦，趕忙讓小工推著車進了城。走到僻靜的一處宅院邊，我付錢打發了小工。看了看四周安靜，並無一人，我這才使勁地推開棺蓋，讓孫參將出來。

棺蓋一打開，那股惡臭又鑽了出來，我也忍不住捂住了鼻子。「什麼味道呀？」

「微臣特意去弄了一點醃魚放在棺材裡，悶了半天，果然臭得夠嗆。」孫參將爬出來的時候，還嗅了嗅自己，然後一臉的無奈狀。

我們兩個摸到大宰相府旁，果然如孫參將所說，並沒有什麼重兵把守。不過為了安全起見，我還是帶著孫參將從後花園旁的一個小廚房溜了進去。走在熟悉的院子裡，我的眼眶不禁有些濕潤了。在這個我從小生活的地方，一草一木對我來說都有著很深的感情。而如今，物是人非，我已不再是當年那個天真無憂的小丫頭，曾經陪著我嬉笑玩耍的阿姊也已經踏鶴仙去，而我的命運究竟如何，我自己也無從知曉。

這一路走來，我們並沒有碰到任何下人或是守衛。原本守衛森嚴、僕役眾多的大宰相府，現在卻冷清淒涼到不見一人的地步了？我的心裡不禁百感交集。

走到前院時，我突然愣住了。前院的每根樑柱上都懸著白紗，莊嚴肅穆，從大廳裡還隱約傳來哭泣聲。我的心頭一抽，和孫參將對視了一眼，然後慢慢地向大廳走去。大廳被布置成了靈堂的樣子，中間停放著一副棺木。因為隔得遠，我看不真切案桌上的靈牌寫著什麼。前面的墊子上跪著兩個女子，互相依偎著小聲抽泣。我一眼就認出了這兩個背影是我的母親和大嫂。我渾身發冷，拳頭也不由自主地攥緊。那棺木裡躺著的究竟是誰呢？難道是父親，或是哪個哥哥嗎？

我抬手就要推門而入，孫參將一把攔住了我，將我拉到廊柱後。

「娘娘，不宜輕舉妄動，我們還是先辦正事要緊。」他小聲地說道。

我的淚水奪眶而出，心像被刀刺了千瘡萬孔一樣。我知道孫參將是對的，我們必須先找到上官揚。不捨地回頭看了靈堂一眼後，我毅然向後廂房走去。不僅因為我答應過上官裴，而是現在形勢如此不確定，我如果現身會帶來什麼麻煩，誰也說不準。

大哥和大嫂的房間就在後廂房的西側，未出閣時我經常去她那裡玩，所以沒費多大功夫我就到了她的臥房。我們兩個在門口停了一會兒，房間裡很安靜。孫參將回頭看了我一眼，我朝他點了點頭。他走在我的前面，小心地推門而入，轉入裡間。

房間中央放著兩個小搖籃。一個奶媽模樣的人斜倚在床邊打著盹。

我躡手躡腳地走近一看，一眼就看見了上官揚。我離開才不過短短一個來月的時間，他看上去就長大了不少，胖胖的小臉在睡夢中露出一絲似有若無的笑容，剎那間就將我的心融化了，我多麼想立刻將他抱在懷裡。另一個搖籃裡睡著一個粉雕玉琢的女娃娃，晶瑩剔透的皮膚，紅粉粉的小臉蛋。雖然胖呼呼的，但是司徒家標誌性的高鼻子還是清晰可見。我想起來了，我離開的時候，大嫂已將近臨盆的日子。那這個應該就是我的小姪女了。

我輕輕地抱起了上官揚，他的頭向我的胸膛裡蹭了蹭，然後找了個舒服的位置又安然睡去了。那個奶媽還在那裡睡得很香，完全沒有意識到房間裡發生的一切。

我和孫參將悄悄地退出了房間，疾步向後院走去。

「小妹?!」身後突然響起了洪亮的男聲。

我驀地回頭，發現大哥司徒理愣然地站在我身後，一副不可置信的表情。我將上官揚向懷裡攏了攏，然後慢慢轉過身去。「大哥，是我。」我平靜地回答。

「妳……怎麼？」

我的出現可能驚嚇到了他，他猶豫了好一會兒才說出了一句完整的話——

「能回來就好，能回來就好。」

「大哥，你從天牢裡被放出來了？」我看著他消瘦的模樣，不禁有些心疼。「那爹爹和三哥呢？」

我話音剛落，就看見大哥的眼眶紅了紅。「爹爹他……爹爹他在天牢裡熬不過，生病去了。」淚水從大哥的臉龐滾落，大哥用衣袖胡亂地抹了把臉，繼續道：「三弟還在天牢裡。他們放了我回來，給爹爹料理後事的。」

我的父親，三朝重臣，呼風喚雨的堂堂大宰相，竟然在天牢裡害病死了！

我的淚水終於忍不住洶湧而出。短短幾天的工夫，我已經接二連三地失去了很多至親的人。為了那個禁宮深處的寶座，太多的人付出了生命的代價。

大哥突然問道：「妳的孩子呢？」

孩子沒了的這件事，上官裴出於某些原因，一直秘而不發，所以大哥不知道也並不奇怪。我想儘量忍住淚，卻悲痛哽咽到不能言語，只能無力地搖了搖頭。

前面的走道上突然響起了腳步聲，沒一會兒，大嫂紅著眼睛地出現在我們面前。

「啊？」

她看到我，顯然也驚嚇不小。一個人抵著廊柱，半天說不出話來。

過了好一會兒，她才終於反應過來。「嘉兒，妳沒事啊？沒事就好。」大嫂帶著哭腔說完這句話，然後瞥見了我懷裡的嬰兒，臉上突然出現了一絲緊張的神色。

「大嫂，麻煩妳這些天照顧著上官揚。」我先開口道，順便讓她知道我懷裡抱的並不是她的女兒。

我看見她輕輕地吁了口氣。「既然回來了，還不快去見見娘。自從爹出事以來，她老人家精神很差，看見妳回來，一定會寬慰不少。」

大哥也說道：「是啊，娘看見妳回來，心情一定會好不少。」

我也十分想見見娘，既然大哥都這麼說了，我想了想，就答應了。

大嫂上前來要將上官揚接過去，我側身讓了開。「不用了，大嫂。還是我來抱吧。」

交代了孫參將去東營打探消息後，我隨著大哥走到裡面坐下。

大哥去前廳看了看，又返身回來說：「娘跟幾位觀音廟的師傅要給爹爹做完這個時辰的法事，過一會兒就來了，妳先在這裡歇著。」

我抱著上官揚在左邊的椅子上坐下，大哥在我們的對面坐著。

過了一會兒，大嫂讓人從臥房裡搬來了上官揚的小搖籃。「一直抱著手疲，先放下吧。」她走近的時候，我特意抬眼看了她一眼，怎麼也不能將文靜恬美的她和對我下毒的人連繫在一起。

沒一會兒，一個丫鬟端來了三杯茶水，我端起杯子輕輕地抿了口。「大哥，上官爵在城裡一共留了多少守將？」茶是我最愛喝的茉莉龍珠，沁人心脾的香味，讓我忍不住又多喝了幾口。奔波在外好久，喝這樣的好茶幾乎成了不可想像的奢侈。

「他一共留了三萬兵馬，供林副將調遣。」大哥頓了頓。「妳這次回來，上官裴……哦不，皇上，是不是交代了妳什麼事？」

「大哥，戚將軍的兵馬被關在了城東的兵營裡看守，如果可以想辦法將他們放出來，那我們要控制上京並不難。」

「雖然是這樣，但是即使我們能夠控制了京城，皇上什麼時候能夠回來，也沒有一個定數呢。」大哥吹開了一些茶葉，喝了一大口，繼續道。

「萬一皇上不能回來……」說到這裡，我的心裡一陣疼，咬了咬牙，又繼續道：「那這個孩子……」我指了指搖籃裡睡得正香的上官揚。「就是下一個皇上！」

「不錯！大哥等的就是妳這句話！」眼前的人突然提高了聲音。「如果這個孩子做皇上，那妳必是太后！」他看了我一眼，然後意味深長地又說了一句。「新帝尚在襁褓，太后垂簾聽政，此例古來有之，眾臣不會有異議。」說完他看了看我的神色，又補了一句。「憑司徒家在朝中的根基，諒他們也不敢有異議。」

我斜眼瞥了大哥一眼，並不去搭他的話頭，只是平靜地說：「先不用去想這些，皇上答應我，他會回來的，我們只要想辦法從叛軍手裡奪回上京即可。」

「呵呵……」大哥兀自笑了起來。

平時溫文爾雅的大哥突然像變了一個人一般，讓我不禁也嚇了一跳。

「妳恐怕還有所不知吧？昨日凌晨，我接到前線來的密報，上官裴被他的叔叔在柳江邊一刀刺中，跌入江中了！」說完大哥舉起茶杯，神色頗顯得意地灌了一大口。

「什麼?!」彷彿渾身的力量被抽走一樣，我癱坐在椅子上。柳江素以水險湍急著稱，現在又恰逢上游的融冰期，水勢更加洶湧，即便是身手矯捷之人，跌入柳江也幾乎沒有活路，更何況上官裴還受了重傷！

剎那間，心裡的憤怒竟然大於悲傷。他終究還是沒能信守他的承諾，說什麼要和我重新開始，說什麼還會和我有皇子皇女，現在一切都成了枉然！也許當時送我走的時候，他就知道已經是這樣的結局了。他給了我這樣的承諾，卻一樣都沒能做到。明明知道他騙了我，可我卻執意選擇相信了他。五臟六腑絞得生疼，人恍如浸在冰水裡一般，從頭涼到腳。可我心裡打定了主意，不讓悲切顯現出來，只是表情木然地看著搖籃裡熟睡的上官揚。

「不過螳螂捕蟬，黃雀在後。上官爵這老賊還沒來得及得意，妳二哥的兵馬就隨即趕到，殺了他們一個片甲不留。上官爵戰死，上官燁被生擒。」大哥站起身來，在我面前悠閒地踱起步來。「黔川營雖慓悍勇猛，可怎敵司徒大將軍的百萬鐵蹄？」

「然後呢？」我冷冷地追問，心底的寒意漸漸在全身蔓延開來。

「待局勢穩定下來……」他抬手指了指上官揚。「我們就立即著手準備新帝登基事宜，妳就好好等著做當朝太后吧！司徒家族勤王匡正有功，我作為大司馬，太后的長兄，就是當之無愧的大宰相。有妳垂簾聽政，有我朝堂輔佐，有二弟邊關鎮守……」他一邊說一邊忍不住笑意盎然。

「這天下……」他頓了頓，掂量著自己這句將要出口的話。「這天下遲早是我們司徒家的。」他終於將這句話說出，彷彿卸下一個千斤重擔一般，深呼出一口氣，然後回到自己的座位上，復又端起茶杯慢慢啜飲。

拳頭握得緊緊的，指甲沒入了掌心卻不自知，彷彿要靠那點疼痛讓自己保持清醒。慢慢地，我將握緊的拳頭復又放開，平穩了一下情緒，然後冷冷地問了他一句——

「這一切，你策劃了多久？」

第四十八章 縱使相逢應不識 塵滿面 鬢如霜

「嘉兒。」大哥緩聲下來。「妳要記住，妳首先是司徒家的女兒，其次才是上官朝的皇后。上官裴對我們家是什麼態度，妳自己也看在眼裡。不是他剷除我們，就是我們取而代之，其實這點大家心裡都明白。歷代上官朝的皇帝專寵我們司徒家的皇后，很大一部分原因是因為這些皇后背後有平南司徒家族這個強大的後盾，沒有了家族的根基，所有的榮耀寵信都是空話。妳這麼聰明，怎麼會不明白？」

「我只問你一句，這一切你策劃了多久？」我對大哥的這番動之以情、曉之以理不為所動。

「妳太高估哥哥我了，這個計劃可是爹爹親手制定的。自從得知上官裴要做皇帝，爹爹就覺得我們司徒家不能坐以待斃，於是和我商量了這個計劃，有備無患。」

提起剛過世不久的爹爹，我的心中仍是不可抑制的一陣疼。但是知道爹爹是始作俑者，還是不禁震驚不已。

我「霍」地站起身來。「難道說當年壅北大壩坍塌也是你們計劃中的一部分？害死舅舅、讓我中毒，難道都是嗎？」我不敢相信自己的耳朵。如果剛才我所說的一切都是真的，那我的父親和兄長究竟是怎樣的人，我簡直不敢想像！

我還指望著至少他心存愧疚，言語上仍有半分推諉，沒想到他對我已全不避諱。

「不錯！如果不製造這些事端，怎麼樣讓世人相信上官裴要對司徒家動手呢？我們怎麼才能通過妳來和上官裴徹底決裂呢？我們需要的一直是個一心向著司徒家的太后，上官裴是遲早要被除掉的，這個結果不可能改變。」大哥向後靠了靠，他看上去雖顯疲憊，但得意的神色卻不減。

「爹爹和我要保全的是整個司徒家族，妳知道嗎？如果我們不先下手為強，以後就是人為刀俎，我為魚肉！爹爹比誰都清楚這點。不要說是妻舅，就是女兒也得犧牲。當時就是知道阿敏真正愛的人是上官裴，父親才決定無論如何都不能讓她嫁給他。否則說不定阿敏會胳膊肘往外拐，處處維護上官裴。要不是這樣，也輪不到妳進宮做皇后，說到這裡，妳還要感謝爹爹和我呢！可是沒想到妳和阿敏一樣，也是為了那個男人，連整個家族的身家利益都不管不顧了。」

看到大哥對阿姊的亡故無動於衷，我悲憤難抑。「如果阿姊嫁給了上官裴，他們兩個會很幸福的，我們家族也會沒事的！上官裴為了阿姊，是不會做出傷害我們家族的事情來的。是你們親手毀掉了這一切，還葬送了阿姊的性命！」我無法相信爹爹和大哥的冷漠。「難道這些所謂的家族利益，比兒女親情更重要嗎？」

「嘉兒，也許妳是對的，也許這一切都是我們杞人憂天，可是這個賭注太大了，贏了縱然是皆大歡喜，可要是輸了呢？我們輸得起嗎？」

大哥上前幾步想搭上我的肩頭，我一側肩，生硬地躲過了他探過來的手。

他微微一愣，然後只是訕訕地笑了笑，又坐回了自己的座位。

「妳還太年輕，很多事妳看不明白。在這宮廷之內、朝堂之上，沒有什麼比身家利益更要緊的事了。」他見我面露厭惡的神色，搖了搖頭又繼續道：「譬如說妳在宮裡與丁夫人鬥了那麼久，有沒有想到過丁夫人不過是為了丁家的利益在陪妳演這場後宮爭鬥之戲？」

他輕輕吐出的這句話卻結結實實地駭到了我。

「沒有丁夫人的搏命演出，恐怕莫夫人早就讓她兒子和妳相親相愛、白頭偕老了吧。」

「她為什麼要這麼做？」我的眼前彷彿又浮起了丁夫人臨死前狠命瞪著我的那張臉。

「丁家早就料到我們不會放任上官裴做這個皇帝，動手除掉他是遲早的事。丁紹夫何其聰明，審時度勢之下，決定站在司徒家這邊，以便能保全自己。丁夫人為了家族的利益，唯有犧牲了上官裴。妳看她，是不是至死都沒有一句怨言？我們和丁府的合作，有了她的幫助才能進行得很順利啊！沒有了這個強敵，妳在宮中如何會感到風雨飄搖呢？」

我終於明白了過來。丁家看出了司徒家要扳倒上官裴的心思，決定與其一起被消滅，不如通力合作以求自保。所以他們才會讓丁夫人處處挑撥著上官裴與我的關係，目的就是要讓帝后之間終不容於水火。只有這樣，我才會狠下心來幫助自己的家族去奪取天下。

那次送湯藥給我，是丁夫人藉莫夫人之口讓傅浩明幹的。然後她又發現了我去探望莫夫人，於是又弄死了她，斷了我和上官裴和好的機會。那個讓壅北大壩坍塌的帳房先生，是丁夫人奶媽的兒子。直到後來他們發現了我和上官裴的關係有了微妙的轉變，所以才決定要對我下毒，走了這孤注一擲的一步，讓我徹底與上官裴決裂。

可是現在丁家又得到了什麼？被利用完了、失去了價值，就在這場權力爭鬥中同樣淪為了犧牲品。原本以為丁夫人的合作可以換來丁家的平步青雲，但是在丁夫人被我處死以後，丁家還是遭到了覆滅的命運，也難怪丁佑南心中憤恨難平，轉而與上官爵合作了。

彷彿看穿了我的心思，大哥開口道：「不錯，臥榻之側，豈容他人安睡？丁夫人誕下皇長子，對我們遲早是個威脅。妳比爹爹和我預期的幹得還要好，幫助我們乾乾淨淨地除掉了丁氏一門。」

「你怕我也不聽話，所以讓人對我下毒以便控制我？」想到我最信任的兄長竟會對我下毒手，我的聲音都在顫抖。

「嘉兒，這妳可就錯怪我了。若沒有爹爹的首肯，我可斷斷不敢給妳這個寶貝妹妹下毒。」大哥走至我身邊的一張椅子坐下，人湊過來仔細玩味著我憤怒的表情，好像看戲一般。

「爹爹現在不在了，你隨便怎麼潑髒水都可以！你真是卑鄙！」

「不怕說與妳聽，對妳下毒的正是妳至親至愛的許姑姑，而讓許姑姑動手的正是爹爹。」大哥嘲笑著我的茫然。「哼！妳還不知道吧？許姑姑對爹爹的話可是言聽計從，讓她隨妳入宮也是爹爹的主意，好讓我們隨時知道妳的一舉一動。要問許姑姑為什麼唯爹爹馬首是瞻？那我再告訴妳，那個什麼薛榛榛就是爹爹和許姑姑的女兒。現在妳明白了吧？」大哥的臉在我的眼裡突然變得猙獰起來。

我突然想起了那次去千林會館，薛榛榛執意要冒充我前往。她蒙著臉只露出了眼睛，我彷彿看見了鏡中的自己。難道說，她真的就是我同父異母的姊姊？如果是真的，這就解釋了為什麼我們會長得如此相像了。想到這裡，我攥緊的手裡滿是冷汗，一顆心撲通撲通彷彿要躍將出來。

難道大哥現在說的這一切都是真的？

我視作母親般的許姑姑，竟然是父親安插在我身邊的耳目？對我疼愛有加的許姑姑竟然會對我下毒？他們還有多少事瞞著我？他們還有多少事幹不出？比起讓我一向防備、視為敵人的上官裴，這些我至親的家人卻比毒蛇猛獸更可怕！

想到這裡，我竟然笑了出來。「爹爹的謀略天下讚譽，這個計劃真是天衣無縫、完美無缺。然後只需要找個藉口讓上官裴離開京城去打一場仗，就完成了你們借刀殺人的計劃了。所以你們派人將我的畫像送到了北朝，讓阮文帝那個癡情種子對上官朝宣戰，只是沒想到橫生了枝節，二哥哥受了傷。這樣一來，不得已把我也叫去了漠城。」大哥聽著我貌似自言自語的這番話，有些不耐煩地用手指敲打著桌面。

「你告訴我，二哥有沒有參與這個計劃？」我不相信生性耿直的二哥會參與這個可怕的陰謀。

其實我心裡明白，如果二哥參與了這個計劃，便不會捨身救上官裴。但是大哥今天所說的一切對我的衝擊太大，讓我不由得對身邊的一切都懷疑了起來。

我要聽他親口告訴我。

「老二、老三都是死腦筋，他們要是知道了，絕對不會同意的。」大哥陰鬱地笑了一聲。

「本來還想藉著阮文帝的手除掉上官裴，沒想到這小子命大，先是被老二救了一命，然後竟然沒費多大力氣就擺平了叛亂，所以只好讓上官燁這個毛頭小子再替我們充當一次急先鋒了。」大哥索性閉起了眼睛，享受著這刻勝利在望的喜悅。「上官燁被我派人這麼一撩撥，覺得他人在京城，手握重兵，竟然也不跟他父親商量，直接就扯了造反的旗子。哈哈，可憐上官爵英雄一世，唯一的兒子卻糊塗一時。上官爵這輩子最大的弱點就是他兒子，現在上官燁做出了這樣滅九族的事情，那他也只有跟著他兒子一同造這個反了。」

「你知道嗎？就因為你，你害死了二叔！」我將茶水向大哥的臉上潑去。

他霍地站了起來，猛地向後退去，避開了滾燙的茶水。「這只是意外，誰都不想的。但是得天下者，怎能有婦人之仁？就是因為這個原因，爹爹這個老糊塗才不想再幹下去了。死者不能復生，爹爹卻在這個緊要關頭竟然要把唾手可得的勝利也拋下不管了。」

「所以妳哥哥把自己的爹也弄死了。」

說話的是大嫂，先前她在我們身邊一直低垂著頭沈默不語，現在終於抬起頭來看著我們這對兄妹。

「嘉兒，妳不用再和妳大哥說些什麼了。他已經完全慾令智昏，喪心病狂了。他把自己的弟弟關在天牢裡，把自己的父親害死，對自己的妹妹下毒。」她神色平靜地看著大哥，彷彿說的是別人的丈夫。

「這毒可是妳幫我調的！」大哥有些氣急敗壞，反駁道。

「不錯，是我調的。這是因為你用我肚子裡的孩子威脅我，我沒有辦法。」大嫂的目光直直地射向自己的丈夫。

「不過這一切都不重要了。」大哥不想在這個話題上和大嫂再做糾纏，他轉向我。「事到如今，妳只有兩條路可選。一、服從我的安排，好好做妳的太后。二……」他瞇起眼，仔細地打量了我一下。「二、若妳選擇效忠上官裴的話，那妳……就隨阿敏去吧。新帝沒有妳這個太后輔佐，還有我這個大宰相嘛！」大哥突然想起了什麼，眼中頓時精光四射。「上官裴的玉璽應該在妳這兒吧？」他看了看搖籃中的上官揚，又轉向了我。「上官裴既然讓妳孤身回來找上官揚，必已做好回不來的準備。要讓上官揚繼承大統，沒有玉璽怎麼成？」語畢，他又逼近了幾步。「妳把玉璽藏哪裡了？」

「玉璽不在我這裡，你不用枉費心機了。」我心裡估量著，看這形勢要脫身已是不可能。「大哥，你高估我在上官裴心裡的地位了。他這樣多疑的性子，與我又是這樣的關係，怎肯輕易把玉璽交給我？」我冷冷地回他，心裡暗自慶幸在進府時已偷偷將玉璽和聖旨藏在了後花園裡一個隱密的地方。

料大哥也想不到，我沒有將這麼貴重的東西隨身帶著。

「喔，是嗎？」大哥挑眉看向我，又轉向了身後的屏風處。「宸夫人，當真如此？」他揚聲問道。

話語間，一個窈窕的人影從屏風後款款走出。我定睛一看，不是卡娜兒加更是何人？只見她一身玄色騎裝，英姿颯爽非常。

「娘娘，臣妾親眼看到皇上在臨行前將一個包袱交給娘娘，裡面應該有十分要緊的東西吧？我一路跟隨娘娘進城，進府之前那個包裹可還在娘娘身邊啊！」她的聲音清脆，笑容甜美，可看在我眼裡卻如毒蛇般可怖。

「大哥，你真是有一手，連皇上在漠城新納的妃子都這麼快被你籠絡了！」我回頭望向自己的兄長，見他也是一臉不加掩飾的得意之色。

「哈哈……那也多虧妳和上官裴的夫妻情深啊！宸夫人新進宮就被上官裴如此冷落，自然是要尋找別的靠山來保護科爾沙的。我早就跟妳說過了，在這宮廷之內、朝堂之上，沒有什麼比身家利益更要緊的事了。」

說話的當口，卡娜兒加看向大哥，嫣然一笑。

「既然妳進府之前，這個包裹尚在，那必是藏在府中某處了。我就不信掘地三尺會找不到！現在——」說話間，一陣急促的敲門聲響起，大哥像是早就候著來人一般，立即起身去開門。

來者恭敬地遞給大哥一份書信，不過薄薄一頁紙，大哥卻反反覆覆地看了好幾遍，這才面露欣喜之色。

「好！上官裴的屍首被撈著了！司徒大將軍大破叛軍凱旋，扶上官裴的靈柩，預計三日後抵達上京。屆時只要趁二弟不備將他一舉拿下，我就再無後顧之憂！」

第四十九章　把酒祝東風　且共從容

再一次回到昭陽殿，拋開殿外的重兵把守不說，殿內的陳設布置與離開時並沒有兩樣。

獨自憑欄而立，遠眺上京的萬家燈火。星星點點映襯在寧靜的夜幕下，說不出的靜謐安好。自離開不過月餘，上京仍是那個極盡繁華之所在，而我的世界卻早已風雨飄搖，物是人非。

想到這裡，我不禁苦笑。那時的我還時時想著要為司徒家的利益拚盡全力，與上官裴爭到魚死網破也在所不惜，而今再回想這些，才發現不過是個最大的笑話而已。我看得最重的那些東西，父兄、親情、許姑姑、司徒家的百年榮耀，說到底只不過是鏡花水月。而我這個司徒家的皇后，在所謂的身家利益面前，也只不過是一枚棋子罷了。

「嘉兒，我以前做了不少對不起妳的事，雖然是迫不得已，但還是請妳可以原諒我。」大嫂鮑文慧走到我的身後，聲音如訴如泣。「每次妳大哥拿著明慧來要脅我，除了乖乖就範，我沒有其他辦法。我也想到過一死，可明慧還那麼小，我不捨得她從小就失去母親。」

我轉過身去看向她，她的臉上滿是淚痕。高臺上風大，吹得她髮式都有些凌亂，更顯得她一張小小的臉蒼白得嚇人。

我的大嫂，出自名門世家，自小溫柔賢淑的一個人，竟會被自己的丈夫逼著幹出毒害家人的事來。她看我目不轉睛地瞧著她，忽然間就握住了我的手。

「嘉兒，我知道我沒有資格說這些話，更沒有臉要求妳什麼，但是我求妳，看在往日的情分上……」

眼見她就要向我跪下，我來不及多想，已將她一把扶住。「大嫂……」一聲喚出，卻再也說不下去，只是望著淚眼婆娑的她，緩緩地說了一聲。「妳講。」

「明日二弟就要進城了。雖然妳大哥覺得自己這次勝券在握，可我總覺得他將這件事想得太簡單了一些。說實話，我並不希望他成功，我已厭倦了這些陰謀陽謀、殺人害人的勾當，一旦他登上那權力的頂峰，終其一生都要為了這些爭鬥下去，無窮無盡。但我明白如果他失手遭擒，也勢必難逃一死，而我也不會獨活。所以我求妳，若我和妳大哥都不在了，請幫我好好照顧明慧。唯有將明慧託付於妳，我才能放心。」她的語氣已不復先前的激動，只是透出難以名狀的哀涼。

「大嫂。」我雙手覆上她的手，夜風中她的手頗冰涼，看著她滿臉的淚水，我唯有答應。「好，妳放心，有我一日，必定照顧明慧一日。」

三日的時間，轉眼即到。大哥親率人馬在城外的十里亭迎接司徒大將軍。上官裴的死訊暫時被壓著，秘而不宣，大哥只交代下去，說待大將軍入京共商大事。武將入京，過了最後一個驛站後便只許攜帶親兵五百。我知道大哥必定在十里亭邊的松岡坡上埋伏了重兵，只等他一聲令下，就會一舉拿下鎮關大將軍，以除後患。

誰會料到司徒家的手足兄弟也會有相殘之日？

不知是不是大哥覺得自己已勝券在握，對我的看守也鬆了不少，前幾日還有幾位女官貼身跟隨，而今天我卻可以在昭陽殿內自由行動。自從大哥發現那日大嫂偷偷來見我而大發雷霆後，就再也沒有旁人得以進入昭陽殿，我也無從得知外面究竟發生了什麼。我心裡時刻惦記著松岡坡的情況，坐立不安，只能靠不斷在內殿來回踱步排遣心中焦慮。

正在此時，宮女進來稟報，說卡娜兒加公主在外殿等候召見。我有些啞然失笑，她現在儼然是我大哥的心腹，出入宮禁如入無人之地，還需要等我這個名義上的皇后允她覲見嗎？自從她來到上京後，她不再承認自己是宸夫人，她的身分只是科爾沙的卡娜兒加公主。畢竟作為一個女人，出賣自己的丈夫總不是一件光彩的事情。

果然，不等我宣她入殿，她已經徑直走入了我的寢宮。宮女內侍看見她紛紛行禮，然後恭敬退下，只留下我與她在殿內獨處。

上次聽大嫂說起大哥頗愛慕卡娜兒加，她對我大哥也曲意討好，看來不定哪天也成了我的嫂子。除了她的美貌，我猜大哥更看重她背後所代表的西域勢力。剛才見眾人對她的恭敬態度，心想這傳言看來倒有幾分真實。

她穿了一身漢服，減了幾分英氣，卻多了些許柔美。她見了我也不請安，只是客氣地笑了笑，然後自顧自地打量起我的寢宮來。過了好一會兒，方才開口道：「昭陽殿的壯麗奢華，果然名不虛傳。」

我心裡一陣冷笑。

大哥尚未稱帝，妳也還未曾嫁與他，難不成就這麼著急地作起了皇后的美夢?!

心裡雖這麼想，可面上也只是淡淡的一笑，並不搭話。

「我聽宮人說，娘娘回宮後一直胃口不好，每日進食也不多。娘娘可要保重鳳體，今後才可好好輔佐皇上。」她一副關切的口吻。「我記起娘娘對我們科爾沙的青稞奶茶青睞有加，這個可是健脾開胃的好東西，我特意煮了些給娘娘送來。」

「不勞宸夫人費心了。」我冷冷地瞥了她一眼，並不打算領她的情。

她對我的冷淡卻絲毫不介意，拍了兩下手，便見一個內侍捧著一碗還冒著熱氣的青稞奶茶走了進來。我對卡娜兒加的輕慢暗自有些惱怒，便轉過身去不再理睬她。

見我許久沒有反應，那個內侍才在我身後恭敬地叫了一聲——

「娘娘，請用。」

乍聽到這聲音，我禁不住一陣顫抖。這聲音清悅低沈，十分好聽，可聽在我的耳裡，卻如鼓槌一般狠狠砸在心間，彷彿晴天一個霹靂，我整個人都怔住了！怎麼可能？

想馬上轉過身來一探究竟，卻又害怕面對的只是失望，愣了好一會兒，我才緩過神，慢慢地將身子轉了過來，想要看個明白。只見這個內侍仍然恭敬地將盛碗的托盤高舉過頭，恰恰好遮住了臉龐。我正欲向一側略移幾步看清他的臉，彷彿猜透了我的心思，此人也在此時將手中的托盤放低了下來。

「皇——」我輕呼而出，卻馬上警覺地收口，向四周看去。

「放心，我已經讓所有侍衛隨從都退下了，此殿中再無他人。」卡娜兒加壓低聲音說道。

「你不是受了一刀，跌入了柳江？人都被他們撈了上來，怎麼會……」我仔仔細細地端詳著面前這個人，看上去他毫髮無傷，不像受重傷的樣子。如果現在能看見他眼中的自己，說不定也會被自己熱忱熾烈的目光所驚到。

「這些密信都是朕讓卡娜兒加帶給大司馬大人的。」上官裴看著我焦急的神色，有些忍俊不禁的樣子。

我不可置信地看了看卡娜兒加，復又轉向上官裴。「她是奉了皇上的命令才來我大哥這裡假意投誠的？」看見卡娜兒加對我狡黠一笑，我再問：「這究竟是唱的哪一齣？」發現好像只有自己被蒙在鼓裡，我不禁有些微愠。

「皇嫂莫急，妳聽皇兄慢慢道來。」

看出了我有些氣惱，卡娜兒加忙出聲寬慰道。

「皇嫂？」這個稱謂更是讓我詫異萬分，眼光瞟向上官裴尋求解釋。

上官裴將手中的托盤放在一邊後，轉過身來牽我的手。

我任由他將我的手握入掌心，他的手掌溫厚寬大，微微有些汗意，那一點潮潤讓我感覺他是真實存在的。

「不錯，朕已經認了卡娜兒加公主做了皇妹。當初封公主做宸夫人本來就是權宜之計，既沒有在朝堂上正式冊封，也沒有明文昭告天下。皇后也應該知道，朕與皇妹之間並沒有什麼。朕的心中已有心愛之人，皇妹心中也自有心儀之人。」

上官裴說到心愛之人之時，一雙眼只是在我身上打轉，看得我騰地一下就面紅耳赤。

凜了凜神色，我忙問道：「現在外面的情形如何？」

「如果朕沒有估錯的話，此刻司徒大將軍應該正在東營收編御林軍，而佟副將也應已在松岡坡擒獲了妳大哥一干人等，宮苑禁內的守軍也快被京畿營清理完畢了。」上官裴說得氣定神閒，但誰又知道在此刻的淡定背後是怎樣的血雨腥風。

「揚兒呢？有沒有找到揚兒？」我突然想起了這件要緊事。

「揚兒一切安好，皇妹將揚兒照顧得很好，妳不用擔心。」上官裴握著我的手又緊了緊，彷彿想把他的力量也傳輸一點給我。

知道揚兒沒事，我稍微定了下心。可突然想起了整件事的來龍去脈，不禁又心生疑惑。「皇上是從什麼時候起開始懷疑我大哥的？」

「此次與北朝戰事突起，源於有人將一幅妳的畫像送到了阮文帝處。戰事平息後，北朝的太后將妳的畫像歸還，朕赫然發現作畫者竟然是來自平南的王洛娘。能讓歸隱山林多年的王洛娘出手，非平南司徒家不可為。再連繫先前的諸多疑點，朕與大將軍都有些懷疑是你們家族中有人在搞鬼。只是萬萬沒想到，竟然是……」說到這裡，他突然就停了下來。

我當然明白他沒說出口的話是什麼意思——只是萬萬沒想到，竟然是我的父兄。連我這個做女兒、做妹妹的都給矇騙了，何況別人呢？

「平定北朝叛亂後，朕本打算回宮後再細細調查，沒想到還是慢了一步。雖形勢於我們不利，但朕與大將軍商議之後還是決定將計就計，演一齣請君入甕，只是沒想到上官爵父子此次來勢凶猛，不幸連累了大元帥……」

上官裴的語氣漸輕，顯然是怕提到我二叔讓我傷心。

「那皇上讓臣妾獨自回京也是事先安排好的，就是為了引蛇出洞？」當時的我抱著必死之決心臨危受命，現在想來也只是充當了他這個計劃中的誘餌。雖然事關重大，情有可原，可我心裡還是不好過。為什麼翻來覆去，我總是被信任的人用作棋子？我父兄是這樣，上官裴仍是這樣。

「嘉兒，對不起，不讓妳知道也是萬不得已，生怕妳在面對妳大哥的時候流露出蛛絲馬跡讓他察覺。妳大哥是何等精明之人，萬一讓他看出破綻，可能會功虧一簣。我有十分把握，妳大哥暫時還不會對妳怎麼樣，這一路上我也派了不少人暗中保護，生怕妳有事。」他看我神情慘澹，語氣越發急迫起來。

這是他第一次對我說「對不起」。以前就算發生再大的事或明知我受了不能受的委屈，他也從未對我說過這三個字。我心裡有一絲苦澀漫開，他是夫更是君，我是妻也是臣。是我父兄對他不起在先，否則今時今日何須他對我說這三個字？所謂因果，無非如此。

見他仍想再說什麼，我伸手捂住了他的嘴。卡娜兒加不知何時已經退下，偌大的宮殿內只剩下我們兩個。光影拂過紗簾，斑駁地照進內殿，將兩個人的影子在地上拖得老長。他握著我的手，在唇邊淺淺一吻。只是覺得累了，我輕輕投入他懷裡，他微微一愣，便將我完全攏入懷中，袍袖寬闊，將他懷中的這一方天地擋得十分嚴實。

「對不起，嘉兒。」他的下顎抵著我的額頭，說話當口，我可以感覺到他的喉結上下滑動，聲音嘶啞恍如極力壓抑一般。

我在他懷裡輕輕地搖了搖頭。「我要聽的不是這三個字。」

沈默了小一會兒，他在我耳邊輕輕吐出一句「原諒我」。

「唔～～」我仍是搖頭。「你明白的，不是這三個字。」

他悶悶的笑聲在我頭上響起，感覺攬著我的手臂上越發使了力氣。

「那這三個字如何？」

他擁著我的雙肩將我稍稍推開一點，以便我能將他看個清楚。

他的雙目直視我的臉龐，多日不見，他整個人更顯清俊，雖然有些鬍子拉渣，但仍不減他的英氣逼人。他的眼眸清澈明亮，我可以清晰地看到他眼瞳中自己的倒影。

「我愛妳。」

第五十章 人自老 春長好 夢佳期

慶毓六年，萬壽節。

今年的冬天來得格外早一些，冬至還未到，已經連綿不絕地下過了幾場大雪。整個上京都被白雪覆蓋，皚皚間天地也似連成了一片，各處宮殿裡都掛上了為了萬壽節而特意準備的簇新宮燈，映襯著飛雪紅牆琉璃瓦，煞是好看。

有宮女進來稟報。「回稟薛姑姑，上書房放課了，太子殿下正往昭陽殿這兒來呢！」

「輕點兒，都說了幾次了？皇后娘娘在午睡的時候，天大的事都不許驚擾。」

我聽見薛榛榛刻意壓低了嗓子教訓道。

「太子殿下放課了？那就服侍本宮起來吧。」心裡料想薛榛榛聽到我被驚醒了，不免懊惱。果不其然，只見她狠狠瞪了一眼身邊那個大嗓門的宮女，然後揮手招來五個人服侍我梳頭更衣。

「娘娘，睡得可好？」

薛榛榛知道我畏寒，忙走到內殿的暖爐旁，先挑了挑火頭，然後才過來將寢榻邊的絲幔收起。

我朝她笑著點了點頭，她方才露出寬慰的笑容來。她在我身邊這些年，對著別人的時候總是一副冷冰冰的樣子，可是我知道她對我的那顆心比誰都火熱。

「皇上今日去了南麓書院巡視，現在可回來了嗎？讓給皇上準備的長壽麵可都準備好了沒有？」薛榛榛扶著我在銅鏡前坐下，然後慢慢地開始給我梳頭。

她和她母親一樣，梳頭都是一把好手，只見她用梳子沾著玫瑰花的香露慢慢地篦著我的頭髮。司徒家的女人們這麼多年來對玫瑰花都情有獨鍾，現在玫瑰花的香味淡淡地從她的指尖和我的髮梢飄散開來，沁人心脾的香，讓我忍不住深深地吸了幾口。

「前頭張公公回來傳話，皇上一個時辰前已經起駕回宮了，應該不一會兒就該回來了，娘娘您就放心吧。我特意讓昭陽殿的小廚房準備了長壽麵，那可比御膳房做得還可口呢！皇上可是最愛吃咱們昭陽殿小廚房的師傅們做出來的東西呢！」說到這裡，她的語調也不禁輕快起來。

這幾個廚子都是她一手從平南挑選出來的，就是為了能讓胃口不佳的我平日裡能多吃一點。如今連皇上也格外地偏愛起昭陽殿的食物來，也算是不枉她辛苦一場。

話音未落，外殿一陣喧鬧。宮女內侍們一聲聲「太子殿下千歲，明慧郡主千歲」的請安聲不絕於耳。不一會兒，兩個粉雕玉琢的小人就牽著手跑了進來。

「兒臣給母后請安，母后吉祥！」太子在離我不遠的地方跪了下去，恭恭敬敬地磕了個頭。明慧郡主在太子身後小半步的地方也跪了下去，聲音雖輕，口齒卻十分的清楚。「明慧給皇后娘娘請安，娘娘吉祥！」

「都起來吧。」我滿面笑容地轉身過去，朝身前兩個小人招了招手。眼前那兩個肉鼓鼓的身影爬起來，骨溜一下撲入了我的懷裡。我低頭看向懷裡抱著的小人兒，胖嘟嘟、粉嫩嫩的小臉，長而忽閃的睫毛下一雙圓滾滾的眼睛，心裡的歡喜頓時翻騰了起來。

「太子殿下、明慧郡主，小心娘娘的身子！」

見他們恨不得全部都掛在我身上，薛榛榛急忙上前勸阻。她平時是個十分內斂的人，可是現在卻是一臉遮掩不住的焦急。

「不打緊的。」我勸她放寬心。

「鄭太醫說了，娘娘身子本來就弱，懷上這胎是多不容易的事，可千萬不能有什麼閃失，皇上可讓我看著娘娘呢！」

她將皇上拿出來做擋箭牌，我除了笑，自然無話可說。

「難怪朕耳朵燙呢，原來這裡有人叨嘮著朕呢！」從外殿走進一個明黃的身影，不是上官裴更是何人？

見了皇上，兩個孩子忙不迭地一骨碌滑了下去請安。

「兒臣參加父皇。」

「明慧參見皇上。」

我也趕緊起身準備行禮，還不及欠身，早被他一把扶住。

「就是為了讓妳不出來接駕，朕才沒讓人通傳。」他揮手讓眾人平身，徑直拖著我走到暖爐旁坐下，又不放心地讓薛榛榛再拿來毯子蓋住我的腿。

自從漠城之行後，每年冬天我的腿都疼得厲害。

「今天感覺怎麼樣啊？他有沒有給妳搗蛋啊？」上官裴湊過來在我耳邊低語了一句，又用手指輕輕點了點我微微隆起的肚子。

雖已習慣於他的親暱舉動，但是我的臉還是不爭氣地紅了，只是低聲回了一句。「還好。」

上官裴見我滿臉通紅，轉過身去悶悶地笑了一聲，又去招呼太子過來。

太子走近了，喜孜孜地看著他父皇和我。「稟父皇母后，今兒個兒臣在上書房，田太傅還誇獎兒臣了！」

「是嗎？今天沒淘氣，倒讓太傅誇獎你了？真不容易啊！」只見他父皇一把將太子抱著坐上膝蓋，一臉玩笑的神情看著他。

太子見他父皇不相信，有些急了，忙求救似地轉向我。「母后母后，可以問明慧妹妹呀！明慧妹妹，今天田太傅是不是誇我了？」

明慧郡主起身後還是站在原地沒動，現在看見大家都望著她，只是抿嘴笑而不語。

「明慧，太傅今天怎麼誇獎妳的太子哥哥的呀？」

上官裴對我這個姪女也是十分的鍾愛，招手將明慧叫到身邊。

明慧溫順地走到這對父子身邊，太子很自然地向她伸出手去，而明慧也沒有半分做作，便讓她的太子哥哥牽著她的手。

「回皇上的話，田太傅的確是誇獎太子哥哥了。太子哥哥的文章讓太傅看了都讚賞不已，說太子哥哥天資聰慧，文筆出色，更可貴是秉性堅貞，宅心仁厚。」

這番話從才七歲不到的明慧嘴裡說出，很有一點小大人的意味，讓身旁的姑姑、宮女們都忍不住格格直笑，而太子看向明慧的只是一臉的欣喜。

「皇上，皇后娘娘特意讓小廚房給準備了長壽麵。」說話間，看見宮女端了幾個白玉小盞進來，薛榛榛在一旁忙著招呼起來。

「今天這樣的好日子，又逢天下太平，盛世興隆，本該好好慶祝一下的。奈何臣妾身子不爽，皇上顧念著臣妾，才特意下旨今年不用大辦，這就沒好好操辦這壽宴，臣妾實在過意不去。」說到這兒，我親自起身端了一碗麵放到上官裴面前。「臣妾這兒沒有別的，只有這熱騰騰的長壽麵了。」

細若銀絲的麵，撲鼻的蔥香，連我聞了都覺得有些饞了。我看向薛榛榛，讚許地點了點頭，這些個小廚房的大師傅們還真不是蓋的。

「皇后已經送了最好的禮物給朕了。」上官裴起身將我拉近，手輕輕撫上我的肚子。猶記得當時他初得知這個喜訊時，那欣喜若狂的樣子。我看向他，他的雙鬢已經微微染上了些許白霜，可是眉眼依然清俊，滿臉的笑容從眼裡向嘴角蕩漾開去。

太子有些按捺不住，跑到宮女邊上，湊近聞了聞，回頭對明慧說了一句。「真香啊！」

我剛想笑著讓太子多吃一點，他卻動手捧起一碗，驚得薛榛榛脫口而出——

「太子爺，小心燙！您讓奴才們端就好了——」

話音未落，就看見太子小心翼翼地捧著這碗麵走到我的面前，然後恭恭敬敬地遞過頭頂呈了上來。

「母后，您也坐下來嚐嚐這麵。母后多吃一點，母后肚子裡的弟弟也能多吃一點。」

「說不定是個妹妹呢！」皇上看見太子認真的模樣，忍不住打趣道。

「妹妹也好。像母后一樣漂亮的話，我就更喜歡妹妹！」

太子這句話，把所有人都給逗樂了。

在昭陽殿吃過了壽筵後，一大行人移師宣華門的城樓上。

上京的百姓為了替皇上慶祝萬壽節，在宣華門前大放煙花。一簇簇姹紫嫣紅、閃耀奪目的禮花在綢緞般的夜幕中綻放，絢麗得讓人都不敢眨眼睛，生怕錯過了一絲一毫的絢爛。

小太子很興奮，拉著明慧郡主跑到了城牆邊，時不時用手指著天空，若是看見了連環珠似的煙花，還會開心地大叫起來。

上官裴牽著我的手立在他們身後不遠處，城樓上風吹得緊，上官裴替我攏了攏身上的披風。

「妳冷嗎？」

我輕輕地搖了搖頭，人卻向他身旁靠了靠。他伸出一隻手扶住了我的肩膀，將我向他的懷抱攏去。

我突然想起了多年前我們大婚的那晚，依舊是宣華門，依舊是看煙火。那時我們是對對方心存戒備的敵人，擋在我們之間的鴻溝是身家利益。而今天，我靠在他的懷中，腹中有他的骨血，看著身邊嬉鬧的孩子們，彷彿是天底下最尋常不過的一對夫妻。

又一朵耀眼的禮花升上了空中，隨著轟鳴聲，還有人們的驚嘆聲。

他湊近了我的耳邊輕聲對我說：「今兒個白天收到司徒大將軍的奏摺，除了公事外，還有一個好消息。」

我抬頭看向他，一朵禮花此時又在空中散開，將他整個人都映照在絢麗的光彩中。

「皇妹昨日凌晨為大將軍誕下一子。」他滿臉的笑容，看上去由衷的高興。

我心裡自然是無比高興，自從四年前卡娜兒加嫁與我二哥後，我就一直盼望著她能為我們司徒家開枝散葉。當初卡娜兒加選擇了我二哥，意料之外又是情理之中。對於她要保護的科爾沙來說，做一個不得寵的皇妃遠遠不如當一個鎮關大將軍的夫人來得有效。更何況她一直就仰慕我二哥的威名，而二哥對這個巾幗不讓鬚眉的女子也頗有好感。

「大將軍先前平定大宛叛亂有功，這次又喜得貴子，我已擬詔擢升大將軍為一等嘉義公，世襲罔替。」他將我耳邊的碎髮輕輕撩開，雙唇在我的額頭輕啄了一下。「司徒大將軍為國家黎民、為江山社稷所做的事，再多的褒獎都不足夠，這點封賞只是聊表心意而已。」

「難道不是因為皇上要討臣妾的歡心？」我忍不住逗他。

他的眉眼唇邊皆是笑意，裝作無辜狀地看著我，輕輕地點了點頭道：「夫人英明。」

「砰」的一聲巨響，一朵巨大的七彩禮花飛了上去，大花套著小花，又衍生出周邊無數的碎花，讓人應接不暇，只恨少生一對眼睛，不能看全了這十分的精彩。連一向看慣了宮廷裡大放煙花的我，都不禁有些小小的被震撼到了。

此時耳邊突然飄過了太子稚氣的聲音——

「明慧妹妹，妳要是喜歡，我以後天天放大煙花給妳看，只要妳高興！」

「皇上，我們回去吧。」

上官裴牽著我的手，轉身向宮城內走去。

身後的煙花仍舊發出一聲高過一聲的巨響，伴隨著人們的陣陣驚呼，在夜幕中綻放出無與倫比的美麗。一行人默默地走在回昭陽殿的路上，我的耳邊回想起剛才太子的那句話——

「明慧妹妹，妳要是喜歡，我以後天天放大煙花給妳看，只要妳高興！」

想到這裡，我不禁輕輕一笑。是啊，明慧，以後妳將會是司徒家的另一個皇后，正如司徒家族中先前的各位皇后一樣，與上官朝的天子開始新一段的傳奇。

我轉而看向身邊那個削瘦卻筆挺的背影，這一次，我的淚水終於沒有忍住，任由它緩緩順著臉龐迤邐而下。

這一路走來多麼的不易，上官與司徒兩個家族所有的恩怨情仇，不幸的是在我們的身上開始，萬幸的是也在我們的身上結束。從此以後，後代萬世會知曉的也許永遠只是上官朝的皇帝與司徒家的皇后世世代代情比金堅的恩愛美滿。

好似感應到我的異樣，上官裴轉過頭來看著我，見我滿面淚痕，也不禁有些動容。

「嘉兒。」他喚我。

「我沒事。」我伸手拂去臉上的淚水。這樣大喜的日子，本不該有淚水。

「我知道。」他瞧我不再說話，便復又轉過頭去，牽著我繼續前行。

過了許久，我忽然聽到他輕嘆了口氣，幽幽地吐出一句——

「得成比目何辭死。」

抬頭望去，月華如練。靜謐的宮道邊春梅早開，芳香四溢。宮人識趣地遠離了一段距離，天地間彷彿只剩下我和他。

我將頭輕靠上他的肩膀，那一聲低語呢喃幾不可聞，可我知道他必是聽了進去，因此雖不言語，卻將我的手牽得越發緊了。

那一聲是——

「願做鴛鴦不羨仙。」

——全書完

附錄《皇后列傳卷十五——孝嘉皇后》

孝嘉皇后司徒氏，諱嘉，平南嶺川人。大宰相一等河內公司徒瑞之幼女，姊為景帝孝敏皇后。兄三人，皆重臣，貴戚之盛，莫以為比。宣德元年，文帝即位，立為后，時年十六。

后聰敏多知，好讀書，通古今，多為帝籌策。又因美貌過人，善迎帝意，帝與后相得，喜之不盡，寵冠後宮。宣德二年，后同母兄大司馬司徒理謀反將誅，帝以后故不誅，遂得減流瓊州，翌年病歿。慶毓元年，帝遣散後宮，每日與后同起同臥，朝夕與共。慶毓六年六月生皇長女朝陽公主，帝大喜，遣中使祀諸山川。自此一女後，后不復娠矣。當是時，帝唯一子，為故夫人丁氏所出。中外以為憂，言者每請溥恩澤以廣繼嗣，帝曰：「內事也，朕自主之。」然終無另冊妃嬪。

帝頗優禮外家，后兄玨為大將軍，屢平西域各亂。受封一等嘉義公，世襲罔替。帝以御妹許之，生四子，上愛之，皆為侯。時人載：「異姓世臣，榮寵至此，本朝第一人也。」帝為后立家廟於平南，工作壯麗，數年始畢。

慶毓二十八年正月二十，后暴疾薨，帝哀慟欲絕，輟朝十日，服縞二十日，每日往大行皇后寢殿靈前祭酒。諸王以下文武百官及公主王妃以下所有命婦，俱齊集舉哀，持服二十七日。二月二十七日冊謚皇后為仁莊孝嘉皇后。四月初八入葬地宮。次年元月初四升祔太廟，謚曰：聖天誠恭肅正惠安仁莊孝嘉皇后。

昭陽殿為后生前寢宮，帝令奩具衣物等，俱按原樣保留。帝每月皆往憑弔，必垂淚淒然曰：

「皇后一去，朕亦命不久矣。」

慶毓三十年四月十七，帝崩。帝后合穴葬於沅陵。

她的皇后之路走得不很順遂，
可即便內憂外患，
她依然有自信成為他眼中的唯一，
成為眾人妒嫉的對象……

宮鬥大腕

台城柳

何為真、何為假？誰人可信、誰人該防？
偌大的後宮裡，找不著一人可託真心，
身邊所愛之人，一個個離她死去，
而此生該要共度的良人，
卻屢屢欲置她於死地？
她原本堅信的世界，
怎麼一眨眼竟分崩離析了……

文創風 013

孝嘉皇后

國家圖書館出版品預行編目資料

孝嘉皇后. 二之二, 紅顏終不悔 / 台城柳著. --
初版. -- 臺北市 : 狗屋, 民101.02
面 ; 公分
ISBN 978-986-240-755-4（平裝）

857.7　　100027950

著作者　台城柳
發行所　狗屋出版社有限公司
地址　台北市104中山區龍江路71巷15號1樓
電話　02-2776-5889～0
發行字號　局版台業字845號
法律顧問　蕭雄淋律師
總經銷　知遠文化事業有限公司
電話　02-2664-8800
初版　101年02月
國際書碼　ISBN-13　978-986-240-755-4

定價220元
狗屋劃撥帳號：19001626
網址：love.doghouse.com.tw　E-mail：love@doghouse.com.tw